무민파파와 바다

옮김 허서윤

한국외국어대학교 스칸디나비아어과에서 스웨덴어를, 덴마크에서 언어문화학을 공부했다. 주스웨덴 한국대사관과 대한무역투자진흥공사(KOTRA) 스톡홀름 무역관으로 일했다. 옮긴 책으로 『나의 개, 부딜』 『꼬마뱀 칭칭이 사세요』 『정말정말 정말로』 『빙빙이와 썩은 고등어』 『모험가를 위한 세계 탐험 지도책』 『아름다운 인연―스웨덴이 기른 우리 아이들』 등이 있다.

옮김 최정근

스웨덴 스톡홀름대학교에서 스웨덴어를 공부했다. 옮긴 책으로 『뻐꾸기의 하루』 『곰돌이 인형』 『아름다운 이야기』 『코텐의 비밀』 『나는 우리 동네 과학왕』 『마사지 그림책』 『학교에 귀신이 산대요』, 무민 연작소설 『늦가을 무민 골짜기』 등이 있다.

무민 도서관
무민파파와 바다

초판 1쇄 인쇄일_2019년 4월 15일 | 초판 1쇄 발행일_2019년 4월 24일
글·그림_토베 얀손 | 옮김_허서윤·최정근
펴낸이_박진숙 | 펴낸곳_작가정신 | 출판등록_1987년 11월 14일(제1-537호)
책임편집_윤소라 | 디자인_노민지
마케팅_김미숙 | 디지털 콘텐츠_김영란 | 관리_윤미경
주소_(10881) 경기도 파주시 문발로 314 2층 | 전화_(031)955-6230
팩스_(031)944-2858 | 이메일_mint@jakka.co.kr | 홈페이지_www.jakka.co.kr

ISBN 979-11-6026-654-2 04890
ISBN 979-11-6026-656-6 (세트)

이 도서의 국립중앙도서관 출판시도서목록(CIP)은 서지정보유통지원시스템 홈페이지(http://seoji.nl.go.kr)와 국가자료공동목록시스템(http://www.nl.go.kr/kolisnet)에서 이용하실 수 있습니다. (CIP제어번호 : CIP2019003633)

Pappan och havet

Copyright ⓒ Tove Jansson (1965) Moomin Characters™
Korean edition published by Jakkajungsin 2019
Korean Publication rights arranged by Seoul Merchandising Co., Ltd.
All rights reserved.

이 책의 한국어판 저작권은 SMC를 통한 저작권자와의 독점 계약으로 작가정신 출판사에 있습니다.
저작권법에 의해 한국 내에서 보호를 받는 저작물이므로 무단 전재와 무단 복제를 금합니다.

* 책값은 뒤표지에 있습니다. * 잘못된 책은 바꾸어 드립니다.
* 이 책의 등장인물을 포함한 고유명사는 가독성을 위하여 국내에 널리 소개된 표기를 따랐습니다.

PAPPAN OCH HAVET

무민파파와 바다

토베 얀손 무민 연작소설

허서윤·최정근 옮김

작가
정신

아버지께

차례

제1장	수정 구슬 속의 가족	9
제2장	등대	33
제3장	서풍	87
제4장	북동풍	116
제5장	안개	153
제6장	삭	185
제7장	남서풍	208
제8장	등대지기	250

제1장
수정 구슬 속의 가족

8월도 끝자락에 접어든 어느 오후, 무민파파는 괜스레 정원을 서성거리고 있었다. 해야 할 일은 가족들이 벌써 끝내 버렸거나 누가 붙들고 있어서 무민파파는 뭘 해야 좋을지 갈피를 잡을 수가 없었다.

무민파파는 발길 닿는 대로 정원을 왔다 갔다 했고, 축 늘어진 꼬리는 마른 땅에 쇳소리를 내며 울적한 모양새로 뒤따랐다. 여기, 무더위에 찌는 듯이 달아오른 무민 골짜기는 부연 먼지를 뒤집어쓴 채 깊은 정적에 잠겨 있었다. 큰 산불이 나기 쉬운 달이라 특히 조심해야 했다.

무민파파는 가족들에게 단단히 주의를 주었다. 8월에 얼마나 조심해야 하는지 몇 번이고 설명을 되풀이했다. 불길에 뒤덮인 골짜기와 불이 포효하는 소리, 타들어 가는 나무줄기와 이끼밭 아래를 기어가며 번지는 불길을 하나하나 묘사했다. 밤하늘로 치솟는 눈부신 불기둥! 골짜기에서 바닷가로 파도치듯 일렁이며 번져 나가는 불길까지……

무민파파는 무척 흡족한 듯이 이렇게 설명을 끝마치곤 했다.

"그러고 나면 성난 불똥이 바다로 뛰어들지. 골짜기는 몽땅 타서 새까만 잿더미가 되어 버리고. 조막만 한 토플까지도 책임감을 가져야 해. 성냥에 손댈 수 있는 미플도 모두 책임감을 가져야만 한다고!"

그러면 가족들은 모두 하던 일을 멈추고 대답했다.

"물론이죠! 네, 네, 그럼요."

그러고는 다시 하던 일을 계속했다.

무민 가족은 늘 뭔가를 했다. 묵묵히, 쉬지도 지루해하지도 않고 세상을 이루는 작디작은 일을 끊임없이 해 나갔다. 늘 정해진 대로 반복된 생활을 하며 모든 것을 혼자 마음속에 품고 있어서, 무민 가족의 세상은 더할 나위라고는 없었다. 마치 탐험이 모두 끝나 마을이 빼곡히 들어선,

미개척지라고는 눈곱만큼도 없는 세계지도와도 같았다.

무민 가족은 서로 이런 이야기만 했다.

"무민파파는 팔월만 되면 산불 이야기뿐이라니까."

무민파파는 베란다로 올라섰다. 여느 때처럼 녹아내린 니스 때문에 걸음을 내디딜 때마다 발이 바닥에 쩍쩍 들러붙었고, 계단을 올라가 한구석에 놓인 등나무 의자로 가는 내내 찌걱거리는 기분 나쁜 소리가 났다. 꼬리에도 니스가 묻어 누가 뒤에서 잡아당기는 느낌이었다.

무민파파는 자리에 앉아 눈을 감았다.

'바닥에 니스 칠을 다시 해야 하는데. 물론 무더위 때문이겠지. 그래도 질 좋은 니스를 썼으면 날이 아무리 더운들 녹아내리지는 않았을 텐데. 내가 니스를 잘못 고른 모양이군. 베란다를 만들었던 때가 까마득하니 칠을 새로 할 때도 되긴 했지. 하지만 그보다 먼저 사포로 바닥을 문질러야 해. 누구 하나 알아줄 리 없는 끔찍한 일이지만. 넓적한 솔로 바닥을 하얗게 칠하고 뭔가 특별해 보이도록 반짝반짝 광까지 내고 나면, 가족들은 칠이 다 마를 때까지 뒷문을 쓰고 베란다에는 얼씬도 못 하게 해야지. 다 되면 들여보내 주면서 "자, 보렴! 우리의 새 베란다란다!"라고 말하고……. 너무 덥군. 항해를 떠나고 싶어. 앞만 보고 계속. 저 멀리…….'

손끝에서부터 슬그머니 졸음이 기어오르자, 무민파파는 몸을 흔들어 잠을 쫓고 담뱃대에 불을 붙였다. 무민파파는 재떨이에서 계속 타들어 가고 있는 성냥개비를 흥미롭게 들여다보았다. 불씨가 사그라지려 하자, 무민파파는 신문을 잘게 찢어 불 위에 얹었다. 눈부신 햇빛 아래에서는 보이지도 않을 만큼 작은 불꽃이었지만 아름답게 타올랐다. 무민파파는 그 모습을 주의 깊게 살펴보았다.

미이가 말했다.

"다시 꺼지겠는데요. 종이를 더 넣으세요."

미이는 그늘진 베란다 난간에 앉아 있었다.

"미이, 너 또 거기 있었구나."

무민파파가 얼른 재떨이를 흔들어 불을 끄며 말했다.

"불이 어떻게 타오르는지 연구하고 있었단다. 중요한 일이지."

무민파파를 빤히 바라보던 미이가 깔깔대고 웃었다. 그러자 무민파파는 모자를 깊숙이 눌러쓰고는 꿈속으로 숨어 버렸다.

무민이 말했다.

"아빠, 일어나 보세요. 우리가 산불을 껐어요!"

무민파파는 니스가 녹아내린 바닥에 두 발이 달라붙어

꼼짝할 수가 없었다. 짜증이 치솟은 무민파파는 못마땅한 표정으로 발을 힘껏 비틀어 바닥에서 떼어내며 말했다.

"뭐라고?"

무민이 설명했다.

"산불이 아주 작게 났어요! 담배밭 바로 뒤쪽이었어요. 이끼가 타올랐고, 엄마가 그러시는데 굴뚝에서 날아간 불씨 때문일지도 모른다고……."

불이라는 말에 등나무 의자를 박차고 일어난 무민파파는 순식간에 행동력이 어마어마한 아빠로 변했다. 무민파파의 모자가 급히 계단을 내려갔다.

무민이 무민파파의 뒤에 대고 소리를 질렀다.

"불은 꺼졌어요! 우리가 곧장 껐어요. 걱정 마세요!"

화가 머리끝까지 치민 무민파파가 우뚝 서더니 말했다.

"나 없이 불을 껐다는 말이냐? 왜 아무도 나한테 알리지 않았지? 어째서 다들 아무 말 않고 내가 자게 내버려 뒀냐고!"

무민마마가 부엌 창문 너머로 말했다.

"여보, 당신을 깨울 필요가 없다고 생각했어요. 불씨가 워낙 작아서 연기만 조금 났을 뿐이에요. 마침 제가 양동이를 들고 그 앞을 지나던 길이라 물을 살짝 뿌렸더니 꺼졌고요……."

무민파파가 소리를 질렀다.

"지나던 길에! 살짝 뿌렸다고! 살짝 뿌리다니, 말 잘했어요! 그럼 불난 자리를 지키지도 않고 그대로 떠났다 이 말이군요! 거기가 대체 어디예요? 어디?"

무민마마는 하던 일을 모두 내팽개치고 서둘러 담배밭으로 종종걸음을 쳤고, 무민은 베란다에 남아 잠자코 지켜보았다. 이끼가 검게 탄 자국은 정말이지 조그마했다.

한참 만에 무민파파가 천천히 입을 열었다.

"이런 흔적이 남았으니 이제 위험하지 않겠다고 생각하기 쉽지요. 하지만 천만의 말씀! 당신도 알겠지만 이끼 아래에 잔불이 남아서 계속 번질 수가 있어요. 땅 밑바닥에서 말이지요. 몇 시간, 아니 며칠씩 가다가 갑자기 펑! 엉뚱한 곳에서 불기둥이 솟구친다고요. 알겠어요?"

무민마마가 대답했다.

"알겠어요, 여보."

무민파파는 이끼를 뒤적이며 울적하게 이어 말했다.

"아무래도 내가 여기 남아서 지켜봐야겠어요. 밤을 새더라도."

"당신 정말로……."

무민마마는 무슨 말을 하려다 멈추더니 곧이어 말했다.

"그래요. 당신이 고생이네요. 이끼라는 건 절대로 믿을 수가 없죠."

무민파파는 오후가 다 가도록 시키먼 자국만 들여다보고 앉아 있었다. 주위로 널따랗게 나 있던 이끼는 모조리 뽑아내 버렸다. 저녁도 마다했다. 무민파파는 화난 마음을 풀 생각이 없었다.

무민이 물었다.

"아빠가 밤새 저기 계실까요?"

무민마마가 대답했다.

"그럴지도 모르겠구나."

미이가 결론을 내렸다.

"화가 나면 어쩔 수 없는 법이죠."

그러고는 이로 삶은 감자 껍질을 벗겨내며 말했다.

"누구든 화낼 권리는 있으니까 가끔 화를 내도 괜찮아요. 심지어 그 작은 토플들한테도 화낼 권리는 있어요. 그렇지만 화를 풀지도 않고 속에 꽁하니 담아 두다니, 무민파파는 화내는 방법이 틀렸어요."

무민마마가 말했다.

"미이, 무민파파도 자기가 지금 어떤지 다 아신단다."

미이는 진지하게 말했다.

"아닐걸요. 무민파파는 아무것도 몰라요. 무민마마는 아세요?"

무민마마는 솔직히 인정했다.
"아니."

무민파파는 이끼에 코를 박고 킁킁거리며 매캐한 탄내가 나는 곳이 있는지 찾아보았다. 땅바닥은 이미 식어 차가웠다. 구덩이에 담뱃대를 털어낸 무민파파가 불똥을 후후 불었다. 불똥은 벌겋게 잠깐 타오르다 꺼져 버렸다. 무민파파는 담뱃재를 발로 꾹꾹 밟아 끈 다음, 수정 구슬을 보러 정원으로 천천히 걸어 들어갔다.

지평선에서부터 하늘로 피어오르던 저녁노을이 여느 때처럼 나무 밑으로 수그러들고 있었다. 수정 구슬 주위는 조금 더 환했다. 해포석으로 만든 받침대 위에 놓여 정원 모습을 모두 품고 있는 수정 구슬은 무척 아름다웠다. 수정 구슬은 무민파파의 것이었는데, 절대로 누구와도 나눠 가질 수 없는, 무민파파만의 멋진 구슬이었다. 빛나는 파란 유리로 만들어진 마법의 구슬은 이 정원의 중심이자 무민 골짜기의 중심, 아니 어쩌면 이 세상의 중심이라고 할 수 있었다.

무민파파는 곧바로 수정 구슬을 바라보지는 않았다. 먼저 지저분해진 손을 보며 머릿속을 맴도는 어수선한 감정을 한꺼번에 떠올려 보았다. 참을 수 없을 만큼 울적해진 뒤에야 위로를 받으려고 얼른 수정 구슬을 들여다보았다. 무덥고 말할 수 없이 아름답고도 우울했던 긴긴 여름 내내 밤마다 무민파파는 수정 구슬을 보러 산책을 나왔다.

 수정 구슬은 늘 서늘한 느낌이었다. 바다보다도 깊고 맑은 푸른빛으로 물든 세상은 서늘하고 어렴풋하고 낯선 모습이었다. 무민파파가 수정 구슬 속을 들여다보자, 세상의 한복판에 자신의 얼굴이 커다랗게 비쳤고 그 주위로 꿈결처럼 바뀌어 버린 풍경이 펼쳐졌다. 무민파파는 수정 구슬의 저 안쪽, 닿지 않을 만큼 깊숙이 있는 푸른 땅에서 가족들을 찾기 시작했다. 기다리기만 하면 가족들은 꼭 나타났다. 수정 구슬은 늘 가족들의 모습을 비추었다.

 늘 그렇듯 가족들은 땅거미가 질 무렵에도 할 일이 많았다. 가족들은 끊임없이 뭔가 하고 있었다. 머잖아 무민마마는 빵에 얹을 소시지나 버터를 가지러 부엌 쪽에서 지하실로 사라질 터였다. 아니면 감자밭으로 갈지도 몰랐다. 그도 아니면 장작 창고든지. 그때마다 무민마마는 한 번도 가 본 적이 없는 새로운 길을 가는 듯이 무척 흥미로워 보였다. 하지만 아무도 모를 일이었다. 무민마마도 밖에서 남모르는 즐거움에 빠질 수 있었고, 혼자 어딘가에서 놀거나 그저 주위를 돌아다니기만 해도 살아 있다고 느낄지도 모를 일이었다.

 저 멀리 수정 구슬 속 가장 짙푸른 그늘 사이로 흰 공이 이리저리 튀듯 무민마마가 불쑥 나타났다. 무민은 멀찌감치 떨어진 곳에 혼자 나타났고, 물 흐르듯 이쪽저쪽으로 움직이며 언덕을 빠르게 올라가는 미이는 거의 보이지도 않고 몸짓만 겨우 알아볼 수 있었다. 미이의 모습에서는 자신을 내보이고 뽐낼 필요조차 없다는 강한 자부심과 고집이 엿보였다. 하지만 수정 구슬에 비친 가족들은 모두 믿을 수 없을 만큼 작아 보였고, 갈 곳을 잃고 정처 없이 헤매는 듯이 보였다.

그 모습이 좋았던 무민파파는 저녁마다 놀이하듯 지켜보았다. 수정 구슬 속 가족들이 자기만 아는 깊은 바다에 빠져 있고, 자신이 가족들을 보호해 주어야 할 듯했다.

이제 주위가 어둠에 잠겼다. 그때 갑자기 수정 구슬 속에서 뭔가 새로운 일이 벌어지는가 싶더니 불이 켜졌다. 여름 내내 한 번도 켠 적이 없는 베란다 등에 무민마마가 불을 붙였다. 석유등이었다.* 순식간에 무민마마가 앉아 가족들이 저녁 차를 마시러 오기만을 기다리고 있는 베란다가 다른 어느 곳보다도 안전해 보였다.

푸른 수정 구슬이 점점 푸른빛을 잃더니 새까매졌고, 등불 말고는 아무것도 보이지 않게 되었다.

무민파파는 자신이 무슨 생각을 하는지도 모르는 채로 잠깐 우두커니 서 있다가 발길을 돌려 집으로 향했다.

무민파파가 말했다.
"흠, 이제 우리 모두 마음 편히 자도 되겠구나. 위험한 일은 다 지나갔으니까. 그래도 혹시 모르니까 새벽에 잠깐

---

* 스웨덴이었다면 등유를 썼을지도 모른다.—지은이

나가서 한 번 더 점검해야 한단다."

미이가 콧방귀를 뀌었다.

"하."

무민이 소리쳤다.

"아빠! 뭔가 달라졌는데 눈치 못 채셨어요? 등불을 켰잖아요!"

무민마마가 말했다.

"맞아요. 밤이 점점 길어져서 불을 켤 때가 되었다고 생각해 왔는데, 오늘 저녁이 좋겠다 싶더라고요."

무민파파가 말했다.

"하지만 당신 때문에 여름이 끝나 버렸잖아요. 불은 여름이 끝난 다음에 켜야 하는데."

무민마마가 차분한 목소리로 말했다.

"이제 가을이잖아요."

석유등은 탁탁 소리를 내며 타올랐다. 불빛이 닿는 자리는 서로를 잘 알고 믿는 무민 가족이 더욱 친밀하고 안전하게 느끼며 앉아 있었지만, 불빛 너머 바깥은 낯설고 무엇 하나 뚜렷이 알 수가 없었으며 세상의 끝에 닿을 듯한 어둠이 점점 더 깊게 들어차고 있었다.

무민파파가 찻잔 속을 들여다보며 중얼거렸다.

"어떤 집은 아빠들이 등불을 언제 켤지 결정한다던데."

무민은 여느 때와 같은 순서로 샌드위치를 만들었는데, 가장 먼저 빵 위에 치즈를 얹고, 그다음에는 소시지를 두 개, 그다음은 차갑게 식은 감자와 절인 청어리 한 조각, 마지막으로 마멀레이드를 얹었다. 무민은 더할 나위 없이 행복했다. 미이는 여느 저녁과는 다른 느낌이 들어 청어리만 먹었다. 골똘히 생각에 잠긴 채 어두운 정원을 빤히 바라보는 미이의 눈동자가 점점 더 까매졌다.

불빛은 풀밭과 라일락 덤불까지 퍼져 나갔다. 불빛이 힘을 잃은 희미한 그늘 속에 그로크가 혼자 우두커니 앉아 있었다.

한 자리에 얼마나 오랫동안 앉아 있었는지 그로크의 발밑이 꽁꽁 얼어붙었다. 그로크가 자리에서 일어나 불빛 쪽으로 어기적어기적 다가가자 풀잎이 유리 조각처럼 산산이 부서졌다. 나뭇잎 사이로 공포에 질린 속삭임이 휩쓸고 지나갔고, 오그라든 이파리 몇 장이 덜덜 떨면서 그로크의 어깨 위로 떨어졌다. 과꽃은 그로크를 피하느라 반대편으로 있는 힘껏 몸을 기울였다. 귀뚜라미들은 울음을 멈추었다.

무민마마가 물었다.

"무민, 왜 안 먹니?"

무민이 대답했다.

"그냥요. 집에 두꺼운 커튼 있어요?"
"다락방에 있단다. 겨울잠을 잘 때나 필요하잖니."
무민마마는 고개를 돌려 무민파파에게 말했다.
"여보, 등불도 켰는데 모형 등대를 손보지 그래요?"
무민파파가 말했다.
"됐어요. 유치하기만 해요. 진짜도 아니고."

그로크가 조금 더 가까이 다가왔다. 등불을 빤히 바라보더니 커다랗고 육중한 머리를 천천히 흔들었다. 그로크의 발끝으로 차디찬 흰 안개가 뭉게뭉게 흘러내렸다. 그로크가 쓸쓸한 잿빛 그림자를 드리우며 등불 쪽으로 천천히 미끄러지듯 나아가기 시작했다. 멀리서 천둥이 칠 때처럼 창문이 덜컹거렸고 정원은 숨죽였다. 이제 베란다 앞까지 다가간 그로크는 창문으로 새어 나오는 네모난 불빛 바깥쪽의 어두컴컴한 곳에 멈추어 섰다.

그런 다음, 그로크가 창가로 재빨리 성큼 다가가자 불빛에 그로크의 얼굴이 훤히 드러났다. 조용하던 집 안이 비명과 함께 정신없이 허둥거리는 소리로 가득 찼고, 의자가 우당탕 넘어지고 등불이 치워지면서 순식간에 어둠에 휩싸였다. 가족들 모두 등불을 들고 집 안 어딘가로 안전하게 숨어들었다.

그로크는 한동안 잠자코 서서 텅 빈 유리창에 찬 서리 같은 입김을 내뿜었다. 그로크가 어둠과 하나 되어 다시 사라지는 동안, 그 길을 따라 풀잎은 얼어붙어 바스락거리며 부서졌다. 바스락거리는 소리는 점점 약해지며 멀어져 갔다. 정원은 진저리를 치며 이파리를 흘리고 다시 숨을 내쉬기 시작했고, 그로크는 이제 가고 없었다.

무민마마가 말했다.
"그렇다고 밤새 이렇게 숨어서 망을 볼 필요까지는 없잖아요. 이번에도 정원을 조금 망가뜨리기는 했지만, 그로크는 위험하지 않아요. 그로크가 소름끼치기는 해도 위험하지는 않다는 사실은 당신도 알잖아요."
무민파파가 소리쳤다.

"위험하고말고요! 당신도 그로크 때문에 잔뜩 겁먹었으면서! 모두 혼비백산했지만, 내가 이 집에 있는 한 겁낼 필요는 없어요……."

무민마마가 말했다.

"어머, 여보. 차디차니까 그로크를 무서워하죠. 누구랑 어울리는 법도 없고요. 그렇지만 그로크는 아무 짓도 하지 않았잖아요. 자, 이제 모두 잠자리에 들어요."

무민파파가 불쏘시개를 제자리에 가져다 놓으며 말했다.

"좋아요. 좋다고요! 그로크가 눈곱만큼도 위험하지 않다면 내가 지켜 줄 필요도 없겠군요. 그럼 나도 편해요!"

무민파파는 치즈와 소시지를 집어 들고 베란다를 지나 외로운 어둠 속으로 나갔다.

미이가 감탄하며 말했다.

"와, 무민파파가 화를 내셨네. 제대로 드러내셨어! 새벽까지 이끼를 들여다보시겠는걸!"

무민마마는 아무 말도 하지 않았다. 이 방 저 방 바쁘게 돌아다니며 밤마다 하던 대로 잠자리를 준비하고 손가방을 들여다본 다음 불을 끄자, 거북살스러운 침묵이 흘렀다. 결국 무민마마는 구석의 서랍장 위에 세워진 무민파파의 모형 등대를 집어 들고 멍한 표정으로 먼지를 털기 시작했다.

무민이 말했다.

"엄마."

하지만 무민마마는 듣지 못했다. 무민 골짜기와 바닷가 그리고 주위 섬이 그려진 커다란 지도 앞으로 다가갔다. 먼 바다까지 볼 수 있게 의자에 올라가 하얗게 텅 빈 자리 한가운데에 있는 자그마한 점에 코를 박고 들여다보았다.

무민마마가 중얼거렸다.

"여기야. 우리가 괴로움도 즐거움도 함께 맛보며 살아가게 될 곳……."

무민이 물었다.

"뭐라고요?"

무민마마가 다시 말했다.

"우리가 살 곳이 저기란다. 아빠의 섬이지. 아빠가 우리를 보살펴 주겠지. 저기로 이사 가서 새 출발해야지."

미이가 말했다.

"난 지도를 볼 때마다 저게 파리똥인 줄 알았는데."

의자에서 내려온 무민마마가 말했다.

"시간은 걸리겠지. 모두 말끔히 정리될 때까지 아주 오래 걸릴지도 모르겠구나."

그러더니 무민마마는 정원으로 나갔다.

미이가 이야기를 장황하게 늘어놓았다.

"난 아빠들이나 엄마들을 두고 이러쿵저러쿵 말하지는 않겠어. 네가 아빠랑 엄마는 유치하게 굴지 않는다고 대거리할 테니까. 두 분이 무슨 장난을 꾸미시나 본데, 그게 뭔지 내가 이해할 수만 있다면 구아노* 한 말이라도 먹겠어."

무민이 짜증을 내며 쏘아붙였다.

"네가 이해할 일이 아니거든! 아빠 엄마가 이상하게 구는 이유는 스스로도 알고 계실걸. 자기가 입양되었다고 남들 머리 꼭대기에 앉으려고 드는 애들이 꼭 있지!"

미이가 말했다.

"옳으신 말씀. 난 늘 머리 꼭대기에 앉아 있지!"

무민은 먼바다에 외따로 떨어진 점을 노려보면서 생각했다.

'아빠가 가서 살고 싶은 곳이 저기란 말이지. 저기로 가고 싶어 하셔. 엄마 아빠도 진지하고. 이거 보통 일이 아닌데.'

갑자기 텅 빈 바다에 떠 있는 푸른 섬과 가운데 우뚝 솟은 붉은 산, 섬 주위로 파도가 일렁이며 하얗게 부서지는 광경이 무민의 눈앞에 떠올랐는데, 그 섬이 마치 그림책에

---

* **구아노**(Guano)_ 강수량이 적은 해안 지방에 사는 조류의 배설물이 쌓여 굳어진 것. 비료로 사용된다.—옮긴이

나오는 비밀스러운 외딴섬이나 〈로빈슨 가족〉*이 도착했던 무인도 같다는 생각이 들자 흥분을 참지 못한 나머지 목이 메어 나지막이 속삭였다.

"미이! 정말 멋지겠지!"

미이가 말했다.

"아무렴, 뭔들 멋지지 않겠어. 정도는 다르겠지만. 우리가 살림살이를 몽땅 싸 들고 떠들썩하게 섬에 도착했는데, 그 섬이 진짜 파리똥이라는 사실을 깨달으면 얼마나 멋질까!"

무민이 정원을 가로질러 나 있는 그로크의 흔적을 따라가던 때는 새벽 5시를 갓 넘긴 이른 아침이었다. 땅은 다시 녹아내렸지만, 누렇게 변해 버린 풀잎 때문에 그로크가 어디에 앉아서 기다렸는지 알아볼 수 있었다. 무민은 그로크가 한 시간 넘도록 같은 자리에 앉아 있으면 땅도 두려움에 떨며 시들어 버려서 그곳에는 두 번 다시 아무것도 자라지 못한다는 사실을 잘 알고 있었다. 정원에는 그런 흔적이 남은 자리가 이미 몇 군데 있었는데, 튤립 꽃밭 한가

---

* 〈**로빈슨 가족**〉(Swiss Family Robinson)_ 켄 아나킨 감독의 1960년 영화. 전쟁이 휩쓴 유럽 대륙을 피해 항해하다 해적에 쫓기고 폭풍에 난파되어 결국 무인도에 고립된 로빈슨 부부와 세 아들의 고군분투를 그리고 있다.—옮긴이

운데에 남은 흔적이 가장 속상했다.

시든 나뭇잎이 수북이 쌓인 널따란 길이 베란다까지 나 있었다. 그곳에 그로크가 서 있었다. 그로크는 불빛 바깥에 서서 등불을 바라보고만 있었다. 그러다 더는 참지 못하고 가까이 다가가자 빛이 모두 사라졌다. 늘 비슷하게 끝나 버렸다. 그로크가 닿으면 모두 빛을 잃었다.

무민은 자신이 그로크라고 상상하며 움직여 보았다. 어기적어기적 몸을 움직여 시든 잎 더미 위에 웅크리고 앉아 (그로크의 찬 기운을 떠올려 보려고) 하얀 안개가 주위에 퍼지기를 기다리며 기대로 가득 찬 눈빛으로 창문을 바라보다 한숨을 내쉬었다. 무민은 세상에 혼자 남겨진 듯 외로워졌다.

하지만 등불이 없어 그럴싸한 느낌이 들지 않았다. 대신 먼바다에 있는 섬과 엄청난 변화 같은 신나는 생각들이 머릿속에 조금씩 떠오르기 시작하자 무민은 그로크를 까맣게 잊어버리고 길게 드리워진 새벽 그늘 사이에서 균형 잡기 놀이를 했다. 그늘 속은 모두 끝 모르는 깊은 바다이기 때문에 햇볕이 닿는 자리만 밟고 다녀야 했다. 물론 수영을 할 줄 모른다면 말이다.

장작 창고에서 휘파람 소리가 들려왔다. 무민이 다가가 보자, 저 멀리 창가에 있던 대팻밥이 이른 아침 햇볕에 금빛으로 빛나고 있었고, 아마인유*와 송진 냄새가 풍겼다. 무민파파는 떡갈나무로 만든 작은 문을 모형 등대 벽에 달고 있었다.

무민파파가 말했다.

"이 꺾쇠 좀 보렴. 절벽에 박힌 이 꺾쇠를 타고 등대로 올라간단다. 날이 굿을 때는 조심해야 해. 여기 보이지, 배가 절벽으로 다가간단다. 배가 파도 꼭대기에 다다르는 순간 절벽으로 뛰어올라야 해. 이를 악물고 매달려서 기어 올라가야지. 그동안 배는 파도에 밀려 멀어지고······. 다음 파도가 올 때에는 안전한 곳까지 올라가 있어야 해. 거센 바람에 맞서 견디면서 여기, 이 난간을 따라가면 문이 하나 열리는데, 아주 무겁단다. 이제 다시 문이 닫혀. 드디어 등대 안으로 들어간 거란다. 그 두꺼운 벽 너머로 들려오는 파도 소리는 멀게만 느껴지지. 바깥에서는 사방으로 파도가 으르렁거리고 배는 이미 멀리 떠내려간 뒤란다."

무민이 물었다.

"우리도 등대 안에 있는 거예요?"

무민파파가 말했다.

"물론이지. 여기 이 등대 꼭대기로 올라가 보자. 보렴, 창

---

* **아마인유_** 아마의 씨에서 짜낸 기름으로 도료 등에 쓰인다.―옮긴이

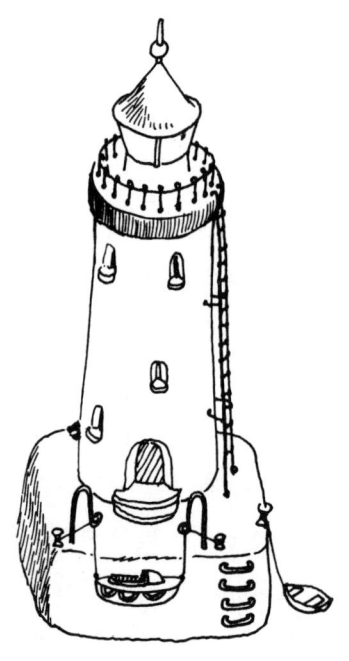

문은 모두 진짜 유리란다. 등대 꼭대기에는 붉은색과 푸른색 그리고 하얀색 등댓불이 밤새 규칙적으로 깜박거려서 배가 어느 쪽으로 항해할지 방향을 잡아 준단다."

무민이 물었다.

"진짜 불도 켜시려고요?"

"전지를 아래쪽에 달 수 있으려나. 빛을 깜박거리게 할 다른 방법도 찾을 수 있겠지. 어려운 일은 아니야."

이렇게 말하며 무민파파는 등대 문 앞에 놓을 계단을 작게 잘랐다.

"하지만 지금은 시간이 없구나. 어쨌거나 이건 장난감이고, 너도 알겠지만 연습 삼아 해 봤을 뿐이란다."

무민파파는 멋쩍게 웃으며 공구 상자를 뒤적거리기 시작했다.

무민이 말했다.

"멋지네요. 그럼 전 가 볼게요."

무민파파가 말했다.

"그래, 그러렴."

이제 그림자가 짧아졌다. 여느 때처럼 따뜻하고 아름다운 새날이 다가오고 있었다. 무민마마가 꼼짝 않고 계단에 앉아 있었는데, 전에 없이 낯선 모습이었다.

무민이 말했다.

"웬일인지 오늘은 모두 일찍 일어났네요."

무민마마의 옆에 앉은 무민은 환한 햇볕에 눈을 감고 물었다.

"엄마, 아빠의 섬에 등대가 있는데, 알고 계셨어요?"

무민마마가 말했다.

"알고말고. 아빠가 여름 내내 말했는걸. 그곳이 바로 우리가 살 곳이라고 말이야."

무민과 무민마마는 이야깃거리가 너무 많아 되려 아무 말도 하지 않았다. 계단은 따뜻했다. 모든 게 완벽했다. 그때 무민파파가 애창곡인 〈흰꼬리수리의 왈츠〉를 휘파람으로 불기 시작했다.

무민마마가 말했다.

"커피를 준비해야겠구나. 여기 앉아서 잠깐 생각이나 하려고 했는데."

제2장

등대

위대하고 중대한 그날 저녁에는 바람이 동쪽으로 약하게 불고 있었는데, 사실 바람은 12시가 막 지날 무렵부터 불었지만, 무민 가족은 땅거미가 질 때 출발하기로 했다. 바다는 수정 구슬만큼이나 짙푸르고 따뜻했다. 기다란 부잔교는 탈의실까지 짐 꾸러미로 발 디딜 틈 없이 빼곡했고, 그 끝에는 돛대 꼭대기에 폭풍에도 끄떡없는 남포등을 단 배가 파도에 흔들리고 있었다. 무민은 석유통과 배에 오르는 발판이 떠내려가지 않도록 만조선 위로 끌어올렸다. 바닷가에는 벌써 어둠이 깔리기 시작했다.

무민파파가 말했다.

"물론 밤에는 바람이 잦아들 위험이 있기는 해요. 아침 식사를 마치자마자 떠날 수도 있었지만, 당신도 이해하지요? 이번만큼은 땅거미가 질 때까지 기다려야 해요. 위대한 출발은 책에 나오는 첫 장의 첫 문장만큼이나 중요하다고요. 시작이 전부를 좌우하지요."

무민파파는 모래밭에 있는 무민마마의 옆에 앉으며 말을 이었다.

"저기 저 우리 배, 모험호 좀 봐요. 밤에 보니 더 근사하군요. 온 세상은 잠들어 있고, 어둠 속으로 사라져 가는 바닷가를 뒤로하고, 돛대 꼭대기에서는 남포등이 빛나고요. 밤에 떠나는 여행이 세상 무엇보다도 멋지지요."

무민마마가 말했다.

"당신 말이 맞아요. 낮에는 소풍이나 다니고, 밤에는 여행을 떠나야죠."

무민마마는 짐을 모두 꾸리고 나자 기운이 빠졌고, 중요한 뭔가를 빠뜨리지는 않았는지 걱정스러웠다. 부잔교 위에 놓인 짐 꾸러미는 어마어마하게 많아 보였지만, 막상 도착해서 짐을 풀면 부족한 물건이 얼마나 많을지 잘 알고 있었다. 가족들이 단 하루라도 부족함 없이 보내려면 놀라울 만큼 물건이 많이 필요했다.

물론 지금은 상황이 달랐다. 무민 가족은 이제 막 새로운 삶을 시작했고, 무민파파는 가족들을 돌보고 보살펴야 하며, 필요한 무엇이든 구해 주어야만 했다. 그동안 무민 가족이 너무 편안하게 잘 지냈는지도 몰랐다.

근심에 잠긴 무민마마가 생각했다.

'희한한 일도 다 있지. 평온하게 잘 지낸다고 해서 우울하고 불만스러워질 수도 있다니 정말 희한해. 그래도 뭐, 그렇다면 그런 거겠지. 이왕 이렇게 되었으니 차라리 색다르게 다시 시작해도 괜찮겠지.'

무민마마가 말했다.

"이제 충분히 어두워지지 않았어요? 당신이 건 등불이 밤하늘에 정말 아름다워 보여요. 이제 떠나 볼까 봐요."

무민파파가 말했다.

"잠깐 기다려요. 한 가지만 더 확인하고요."

모래밭에 지도를 펼친 무민파파는 심각한 표정으로 바다 한가운데에 표시된 외딴섬을 들여다보았다. 그러고는 바람을 향해 한참 코를 킁킁거리며 그동안 잊고 지냈던 방향 감각을 일깨우려 노력했다. 조상 대대로 무민들은 길을 찾을 걱정이 없었다. 자연스럽게 찾아졌다. 하지만 안타깝게도 본능이란 세월이 가면 무뎌지는 법이니……

잠시 뒤, 무민파파는 어디로 향해야 할지 정확히 느꼈다.

방향이 정해졌으니 항해를 나서기만 하면 되었다. 무민파파는 모자를 고쳐 쓰며 말했다.

"이제 갑시다. 당신은 아무것도 들지 말아요. 힘든 일은 다 우리가 해요. 당신은 그냥 배에 타기만 해요, 알았죠?"

무민마마는 고개를 끄덕이고 천천히 발걸음을 옮겼다. 이제 바다는 보랏빛으로 물들었고, 숲은 가장자리만 어슴푸레하게 보였다. 갑자기 졸음이 쏟아진 무민마마는 세상이 온통 현실에서 비껴나는 기분을 느끼며, 놀라우리만치 밝은 빛 속에서 무거운 발걸음으로 힘겹게 모래밭을 천천히 헤쳐 가지만 어느 곳으로도 나아가지 못하는 꿈결 속으로 빠져들었다.

이제 가족들은 부잔교에 있던 짐 꾸러미를 모두 배에 실었다. 남포등이 이리저리 흔들리자 부잔교와 탈의실의 윤곽이 저녁 하늘을 향해 뻗은 기다랗고 뾰족뾰족한 용처럼 보였고, 무민마마는 미이의 웃음소리와 잠에서 깨어난 밤새들이 저 너머 숲 속에서 지저귀는 소리를 들었다.

무민마마가 혼잣말을 중얼거렸다.

"아름답네. 아름답고 신비로워. 생각할 겨를이 생기니 이제야 멋져 보이는구나. 그나저나 내가 배에서 눈을 좀 붙이면 그이가 서운하려나."

그로크는 해가 저문 뒤 정원으로 기어 내려와 보았지만 오늘 저녁에는 베란다에 불빛이 보이지 않았다. 커튼은 내려져 있었고 물통은 뒤집어져 있었다. 열쇠는 현관문 옆에 박힌 못에 걸려 있었다.

버려진 집에 익숙한 그로크는 이곳에 아주 오랫동안 불이 켜지지 않으리라는 사실을 한눈에 알아차렸다. 그로크는 천천히 언덕을 지나 산꼭대기로 미끄러져 갔다. 수정 구슬은 잠깐 그로크의 모습을 비추다가 다시 꿈결 같은 푸른빛을 가득 채웠다. 그로크가 다가가는 곳마다 겁에 질린 숨소리가 퍼져 나갔고, 이끼 위에 있던 무언가는 허둥지둥 몸을 숨겼고, 놀란 새들은 나뭇가지에서 날아올랐으며, 조그맣게 눈동자를 빛내던 녀석들은 모두 어둠 속으로 사라져 버렸다. 그로크는 그 모습에도 익숙했다. 한 순간도 멈추지 않고 남쪽 산등성이까지 올라간 그로크는 어둑어둑해지는 바다를 내려다보았다.

모험호의 돛대 꼭대기에 달린 남포등이 또렷이 보였는데, 마지막 섬을 지나친 뒤에도 꿋꿋이 앞으로 미끄러지며 나아가는 불빛이 외로운 별처럼 보였다. 달리 서두를 일이 없는 그로크는 한참이나 불빛을 지켜보았다. 그로크에게 시간은 끝이 없었고, 느리고도 막연하게만 흘러갔으며, 가을로 접어든다는 의미는 드물고 잠깐이기는 해도 등불이 켜진다는 뜻이었다.

이제 그로크는 좁은 골짜기를 따라 바닷가로 내려왔다. 모래밭에는 거대한 바다표범이 물속으로 미끄러져 내려가기라도 한 듯 널찍하게 뭉개진 흔적이 남았다. 파도가 바다로 돌아가려고 물러난 뒤에 남은 물기는 반짝이다가 그로크의 시커먼 치맛자락이 닿자 얼어붙기 시작했다.

오래도록 기다리고 있는 그로크의 주위로 눈안개가 날렸다. 가끔 그로크가 조심스럽게 발을 들어 올리면 주위의 얼음이 깨져 쌓이면서 점점 두꺼워졌다. 그로크는 얼음으로 작은 섬을 만들어 환한 불빛에 가 닿기로 했다. 불빛은 이미 섬들 너머로 사라졌지만 어딘가에 남아 있다는 사실을 알고 있었다. 그로크가 도착하기 전에 불이 꺼진다 해도 문제없었다. 그로크는 기다릴 수 있었다. 무민 가족은 밤마다 새로 불을 밝힐 터였다. 언제가 되었든 불은 밝혔다.

무민파파는 배를 몰고 있었다. 한 손으로 키를 단단히 부여잡자, 남모르는 책임감이 샘솟아 키를 끌어안으며 온전한 평화를 맛보았다.

가족들은 수정 구슬에 비쳤던 모습처럼 작고 무력했기 때문에 무민파파는 푸르스름하고 고요한 밤 내내 드넓은 바다에서 안전하게 이끌었다.

돛대 꼭대기에 달린 남포등은 마치 무민파파가 아주 탁월한 판단력으로 지도 위에 선을 긋고는 "여기에서 여기로 가야 해요. 우리가 지낼 곳이 바로 여기예요. 세상은 주위를 둘러싼 바다에서 어떤 위험이 닥쳐도 위풍당당하고 꿋꿋이 버티는 내 등대를 중심으로 돌아가지요."라고 말하기라도 한 듯이 길을 밝히고 있었다.

무민파파는 유쾌하게 소리쳤다.

"춥지는 않겠지만 담요를 덮는 게 어때요? 알아요? 우리가 마지막 섬을 막 지나쳤어요. 곧 칠흑 같은 밤이 오겠군요. 밤에는 항해하기가 정말 어려워서 단 한 순간도 마음을 놓지 않고 주위를 살펴야 해요."

배 밑바닥에 웅크리고 누워 있던 무민마마가 말했다.

"그럼요, 여보. 이건 정말이지 엄청난 경험이에요."

담요는 눅눅하게 젖어 있었고, 무민마마는 바람을 피하려고 바람이 불어드는 쪽 아래 뱃전으로 슬그머니 자리를 옮겼다. 배를 가로지르는 널빤지가 쉴 새 없이 귀에 부딪혔다.

미이는 뱃머리에 혼자 앉아 단조로운 콧노래를 흥얼거리고 있었다.

무민이 속삭였다.

"엄마, 무슨 일이 있어서 그렇게 고약해졌을까요?"

"누구 말이니?"

"그로크요. 누가 무슨 해코지라도 해서 그로크가 고약해졌을까요?"

무민마마는 바닥에 고인 물을 피해 꼬리를 잡아끌며 말했다.

"글쎄. 오히려 누구도 어떤 짓도 하지 않았을지 모르지. 그러니까 내 말은, 아무도 그로크를 신경 쓰지 않는다는 뜻이란다. 그래도 그로크는 그걸 마음에 담아 두었다가 돌이켜보거나 진지하게 고민하지는 않아. 빗줄기나 어둠 혹은 바위처럼 피해 돌아가기만 하면 된단다. 커피 좀 마시겠니? 하얀 바구니 속 보온병에 있거든."

무민이 말했다.

"나중에요. 그로크의 작고 노란 눈은 물고기처럼 흐리멍덩해요. 그로크가 말을 할 줄은 알아요?"

무민마마는 한숨을 쉬고 말했다.

"그로크와 말하면 안 돼. 그로크에게 말을 걸어서도 안 되고 이야기를 꺼내서도 안 된단다. 혹시라도 그로크가 점점 커져서 쫓아올지 모르니까. 이제 그로크를 불쌍하게 생각하지 마렴. 너는 그로크가 타오르는 불빛을 그리워한다고 생각하겠지만, 그로크는 불빛을 깔고 앉아 불씨를 꺼

뜨려서 두 번 다시 타오르지 못하게 하고 싶어 할 뿐이란다. 이제 엄마는 잠깐 눈 좀 붙여야겠구나."

하늘에 엷은 가을 별들이 떠올랐다. 등을 대고 누운 무민은 남포등을 바라보았지만 머릿속에는 온통 그로크 생각뿐이었다. 누가 말을 걸어 주지도 않고, 누구 하나 이야기하지도 않으면, 그로크는 점점 사라져 버려서 아무도 그로크가 있다는 사실을 믿지 않을지도 몰랐다. 무민은 거울이 이 문제에 도움이 될지 궁금해졌다. 거울이 한꺼번에 아주 많이 있으면 한 명도 앞뒤로 여럿이 될 수 있으니, 서로 이야기까지 나눌 수 있을지도 몰랐다. 어쩌면…….

쥐 죽은 듯 고요한 세상 속에서 키만 천천히 삐걱거렸다. 이제 가족들은 모두 잠들었고, 무민파파만 깨어 있었다. 그 어느 때보다도 말똥말똥하게 깨어 있었다.

그로부터 한참이나 지나 동이 틀 무렵, 그로크는 떠나기로 마음먹었다. 그로크의 발밑에 있는 얼음 섬은 까맣고 투명했으며 날카롭게 뻗은 얼음 장대가 남쪽을 향하고 있었다. 얼음 섬이 바닷가 모래밭을 미끄러져 내려갔다. 그로크가 시든 장미꽃잎처럼 늘어진 까만 치맛자락을 여미자, 치맛단은 날개처럼 넓게 퍼졌다가 바스락거리며 들렸고, 그로크는 천천히 바다로 나아가기 시작했다.

 치맛자락이 바깥으로 아래로 펄럭이며 얼어붙은 공기 속을 헤엄치듯 날아오르자, 물은 잔뜩 겁먹어 소름 돋은 파도를 일으키며 비껴났고 그로크는 찬 바다에 꼬리 같은 눈보라를 드리운 채 동이 터 오는 바다를 나아갔다. 그 모습은 수평선 위에서 펄럭이는 커다란 가죽 조각처럼 보였고, 아주 천천히 힘겹게 움직였지만 나아가고는 있었다. 그로크에게는 시간이 많았다. 시간 말고는 가진 것도 없었다.

 무민 가족은 아침이 올 때까지 항해를 했고, 그다음 날에도 내내 항해를 하고 밤을 맞았다. 무민파파는 여전히 노를 저으며 등대가 보이기만을 기다리고 있었다. 하지만 푸른빛이 깊어 가는 밤에도 수평선에는 깜박거리는 등댓불이 전혀 보이지 않았다.
 무민파파가 말했다.
 "항로는 정확해요. 틀림없이 제대로 가고 있어요. 이 정도 바람이라면 한밤중에는 도착해야 하고, 그러려면 이미 등댓불이 보였어야 하는데 말이죠."

미이가 넘겨짚었다.

"어떤 악당이 등댓불을 꺼 버렸을지도 모르죠."

무민파파가 말했다.

"등댓불을 끌 수 있다고 생각하다니. 켜진 등댓불만큼 확실한 게 없단다. 세상에는 결코 변하지 않는 게 있는데, 밀물과 썰물, 계절의 변화 그리고 아침에 떠오르는 태양 같은 것들이지. 켜진 등댓불도 마찬가지란다."

"곧 보이겠죠."

무민마마는 이렇게 말했지만, 머릿속은 소소한 고민으로 가득 차 있었다. 무민마마는 생각했다.

'등댓불이 켜져 있어야 할 텐데. 그이가 이렇게나 즐거워하는데. 이제 파리통 말고 등대 하나만 저기 어디 있으면 좋으련만. 이대로는 절대 집으로 못 돌아가지……. 그렇게 근사하게 출항했는데……. 커다란 조개껍질 중에는 분홍색도 많지만, 까만 흙에는 흰색이 훨씬 예뻐. 거기에 장미도 있으려나 모르겠네…….'

뱃머리에 있던 미이가 말했다.

"쉿! 무슨 소리가 났어요. 잠깐 조용하세요, 무슨 일이 벌어지고 있다고요."

 모두 고개를 쳐들고 밤을 뚫어져라 바라보았다. 천천히, 천천히 노 젓는 소리가 가족을 향해 다가들었다. 낯선 배 한 척이 천천히 가까워졌다가 어둠 속으로 사라져 가고 있었다. 자그마한 잿빛 배였는데, 뱃사공은 놀라지도 않고 무민 가족을 바라보았다. 그는 무척 추레해 보였고 침착했다. 불빛에 비친 뱃사공의 크고 푸른 눈이 맑은 물 같았다. 그는 뱃머리에 낚싯대를 드리우고 있었다.

 무민파파가 물었다.

 "이렇게 깊은 밤에도 입질이 있습니까?"

 어부는 어깨를 으쓱하며 먼발치만 바라보았다. 그는 이야기를 나눌 마음이 없었다.

 무민파파가 말을 이었다.

 "이 근처에 큰 등대가 세워진 섬이 있지 않습니까? 왜 불이 꺼져 있습니까? 한참 전에 불빛이 보였어야 했는데."

어부의 배가 미끄러지듯 지나갔다. 무민 가족은 어부가 대답한 말끝만 간신히 들었다.

"자세히 알려고 들지 말고…… 집으로 돌아가시오. 당신들은 너무 멀리까지 왔소……."

이제 어부는 가족들 뒤에서도 사라져 버렸다. 가족들은 노 젓는 소리가 들리는지 귀 기울여 보았지만 주위는 고요하기만 했다.

무민파파가 미심쩍다는 듯이 말했다.

"조금 이상한 어부 같지 않아요?"

미이가 딱 잘라 말했다.

"많이 이상했죠. 제정신이 아니던데요."

한숨을 내쉰 무민마마는 다리를 쭉 뻗으며 말했다.

"하지만 우리가 아는 이들이 거의 다 그렇잖아요. 조금 더하고 덜할 뿐이죠."

바람이 자취를 감추었다. 키 옆에 꼿꼿이 앉은 무민파파가 고개를 쳐들었다.

무민파파가 말했다.

"자, 이제 다 왔나 보군요. 바람을 등지고 섬으로 오릅시다. 그나저나 왜 등댓불이 꺼져 있는지 도무지 이해를 못 하겠어요."

공기는 따뜻했고 히스 향기가 났다. 세상이 쥐 죽은 듯

고요했다. 그리고 이제 거대한 밤 그림자가 한 걸음 다가섰는데, 섬이 몸을 숙여 무민 가족을 주의 깊게 내려다보고 있었다. 배가 모래밭에 올라 멈추었을 때 무민 가족은 섬의 뜨거운 숨결을 느꼈고, 누군가가 지켜보고 있다는 느낌에 겁이 나서 웅크리고 앉아 움직일 엄두도 내지 못했다.

무민이 속삭였다.

"엄마, 들으셨어요? 바닷가 근처에서 가벼운 발소리가 쌩하니 지나갔어요. 찰박거리는 물소리도 났다가 다시 조용해졌고요."

무민마마가 말했다.

"미이가 뭍으로 뛰어내렸나 보구나."

무민마마는 정적을 깨고 장미가 담긴 흙 상자를 뱃전에 꺼내 놓으려고 바구니들을 뒤적거리기 시작했다.

무민파파가 흥분해서 말했다.

"이제부터는 정말 침착해야 합니다. 내 지시를 따라요. 처음부터 차근차근 정리해야 해요. 우선 배. 배가 늘 가장 중요하죠……. 진정하고 가만히 좀 있어요."

무민마마는 고분고분하게 다시 앉아 둘둘 말아 내린 돛에 걸리지 않으려고, 배를 휘젓고 다니는 무민파파 때문에 이리저리 흔들리는 아래쪽 활대에 부딪히지 않으려고 애썼다. 남포등 불빛은 하얀 모래와 까만 바다를 둥그렇게 비추었지만, 그 너머로는 새까만 어둠뿐이었다. 무민파파와 무민은 이부자리를 바닷가로 옮기다 한쪽 귀퉁이를 물에 완전히 적시고 말았다. 배가 출렁거리자, 그 바람에 파란 나무 상자가 미끄러져 무민마마의 장미 순 상자를 뱃전으로 밀어내 버렸다.

무민마마는 두 손으로 얼굴을 감싼 채 앉아서 기다렸다. 다 잘 되어 가고 있을 터였다. 어쩌면 무민마마도 누가 보살펴 주는 데 익숙해지고 좋아질지도 몰랐다. 잠깐이지만 까무룩 잠들기도 했다.

그때 무민파파가 물속에 서서 등불을 든 채 말했다.

"이제 내려와도 돼요. 다 됐어요."

무민파파는 신바람이 나서 쌩쌩했고 모자를 목에 걸치고 있었다. 모래밭 저 위쪽에는 무민파파가 돛과 노로 세워 놓은 천막이 있었는데, 거대한 짐승이 웅크리고 있는 듯했다. 무민마마는 이 새로운 바닷가에 조개껍질은 없는지 찾아보려 했지만 너무 어두워 잘 보이지 않았다. 가족들은 무민마마에게 조개껍질을 찾아 주겠다고, 그것도 먼 바다에서나 찾을 수 있는 커다랗고 희귀한 조개껍질을 찾아 주겠다고 약속했었다.

무민파파가 말했다.

"여기예요. 당신은 자요. 내가 밖에서 밤새 지키고 있을 테니까 아무 걱정 말고요. 내일 밤이면 내 등대에서 잘 수 있어요. 날이 밝는 대로 등대를 찾아 조사해 보고 옮기면 돼요. 등댓불이 왜 꺼졌는지는 나만 이해할 수 있으니……. 그 안은 따뜻하죠?"

무민마마는 돛 아래로 기어 들어가며 말했다.

"여기 좋네요."

미이는 여느 때처럼 혼자 어딘가로 사라졌지만 별달리 걱정할 일은 아니었다. 가족들 가운데 혼자 가장 잘 지내는 이가 미이일 터였다. 다 잘 되어 가고 있었다.

무민은 무민마마가 젖은 이부자리 위에서 몇 번이나 이리저리 몸을 뒤척이다 마침내 적당한 자리를 잡고 가볍게 한숨을 내쉰 다음 잠드는 모습을 지켜보았다. 이 모든 게 낯설었지만, 무엇보다 낯선 일은 엄마가 새로운 장소에서 짐을 풀지도 않고, 잠자리도 정리해 주지 않고, 캐러멜을 나눠 주지도 않고 잠들었다는 점이었다. 심지어 무민마마의 손가방은 바깥 모래밭 저 멀리에 내팽개쳐져 있었다. 무민은 겁나기도 했지만 한편으로는 무척 흥미로웠는데, 이 모든 일이 단순한 모험이 아니라 진정한 변화라는 뜻이었다.

무민은 고개를 들고 돛으로 만든 천막 바깥을 내다보았

다. 무민파파가 남포등을 앞에 두고 앉아 지키고 있었다. 무민파파의 그림자는 무척 크고 길게 드리워져 있었다. 무민파파도 여느 때보다 더 커 보였다. 무민은 몸을 동그랗게 웅크리고 꼬리를 따뜻한 배 밑으로 밀어 넣었다. 그리고 푸른 파도가 일렁이는 오늘 밤바다 같은 꿈결 속으로 빠져들었다.

드디어 아침이 밝아 오고 있었다. 혼자 깨어 있던 무민파파는 시간이 갈수록 섬이 점점 더 자신의 것이 되어 간다고 느끼고 있었다. 하늘빛이 옅어지자 울퉁불퉁한 바위가 첩첩이 쌓인 거대한 산이 무민파파의 눈앞에 우뚝 솟아올랐고, 마침내 무민파파는 잿빛 하늘을 배경으로 서 있는 거대하고 시커먼 등대를 보았다. 등대는 무민파파의 생각보다 훨씬 거대했는데, 누구든 이런 새벽녘에 홀로 깨어 있으면 무력해지고 뭐든 위험천만하게 느껴지게 마련이었다.

무민파파는 남포등을 끄고 바닷가가 어둠에 잠기게 내버려두었다. 아직은 등대가 자신을 바라보게 하고 싶지 않았다. 아침 바닷바람이 싸늘했다. 섬 뒤편 어딘가에서 바닷새들이 요란하게 울었다.

무민파파는 바닷가 저 아래쪽에서 등대가 점점 더 높이 솟아오르는 광경을 바라보았는데, 등대의 모양은 끝내 완성하지 못한 무민파파의 모형 등대와 비슷했다. 이제 무민파파는 생각과는 달리 뾰족하지 않은 지붕과 난간 없는 등대를 보았다. 무민파파가 주인 없는 어두운 등대를 오래도록 바라보자, 등대는 조금씩 작아져서 무민파파가 예전부터 상상했던 적당한 크기로 돌아왔다.

무민파파는 담뱃대에 불을 붙이며 생각했다.

'어쨌든 저건 내 거야. 내가 저 등대를 정복했지. 가족들한테 "여기에서 살 거란다. 들어가기만 하면 우리한테 어떤 위험도 닥치지 않는단다."라고 말해야지.'

미이는 등대 계단에 앉아 아침이 오는 광경을 지켜보았다. 미이의 발밑에 있는 섬이 어슴푸레하게 밝아 오는 빛줄기를 받자, 커다란 잿빛 고양이가 발톱을 치켜세우고 네 발을 모두 바다에 담근 채 기지개를 켜는 듯이 보였고, 좁고 기다랗게 뻗은 곳은 꼬리 같았다. 고양이는 등을 곧추

세우고 있었지만 눈은 보이지 않았다.

미이가 말했다.

"하! 여기는 보통 섬이 아닌걸. 바다 밑바닥까지 다른 섬들이랑은 전혀 다르잖아. 틀림없이 뭔가 있군."

미이가 웅크리고 앉아 기다리자, 이제 태양이 바다 위로 떠올랐다. 섬은 그림자가 지고 여러 빛깔로 물들면서 모양새를 갖춰 가며 발톱을 감추었다. 주위가 밝게 빛나기 시작했고 곧 주위로 하얗게 몰려든 바닷새들이 물 위에 떠 있었다. 고양이는 사라져 버렸다. 하지만 넓고 어두운 띠 같은 등대 그림자가 배가 놓인 바닷가까지 섬을 가로지르며 길게 드리워져 있었다.

이제 가족들이 오고 있었다. 저 아래에서부터 작은 개미들처럼. 무민파파와 무민은 있는 힘껏 짐을 나르고 있었는데, 오리나무 숲으로 기어올라 등대 그림자 속으로 들어갔다. 그러자 더 조그마하게 보였다. 이제 하얀 점 세 개처럼 보이는 가족들이 멈추어 서서 고개를 젖히고 위를 올려다보았다.

무민마마가 몸을 떨며 말했다.

"어쩜 이렇게 클까."

무민파파가 소리쳤다.

"크다고요? 거대하죠! 이제까지 지어진 등대 가운데 가

장 큰 등대일지도 몰라요. 게다가 여기가 마지막 섬이고, 우리가 있는 이 섬 너머로는 바다뿐 아무도 살지 않아요. 우리는 바다를 정면으로 마주하고 있고, 다른 이들은, 다시 말해 저 안쪽에 사는 이들은 우리보다 한참 뒤에 있어요. 근사하지 않아요?"

무민이 소리쳤다.

"멋져요, 아빠!"

무민마마가 물었다.

"바구니는 내가 잠깐 들까요?"

뮌파파가 말했다.

"아니에요, 안 돼요. 안 돼. 당신은 아무것도 나르지 말아요. 저기 새집으로 곧장 걸어가기만 해요. 잠깐, 당신이 꽃을 들고 가야 하는데, 잠깐 기다려요……."

무민파파는 코를 킁킁대며 사시나무 숲 속으로 들어가 뭔가를 따기 시작했다.

무민마마는 주위를 둘러보았다.

'땅이 너무 메말라 있잖아. 돌멩이도 어쩜 이렇게 많은지, 온통 돌밭이야. 정원 가꾸기는 쉽지 않겠네. 휴…….'

무민이 속삭였다.

"엄마, 정말 불안한 소리인데요?"

무민마마가 귀 기울이더니 말했다.

"정말이구나. 불안하게 들리네. 하지만 사시나무 소리일 뿐이란다. 사시나무는 늘 그런 소리를 내지."

그곳에는 키 작은 사시나무들이 바위 사이로 불어오는 바람을 맞으며 자라고 있었는데, 이파리들은 가벼운 바닷바람에도 쉴 새 없이 바스락거리며 흔들렸다. 한쪽이 흔들리면, 다른 쪽도 뒤이어 파르르 흔들렸다.

오늘 섬은 어딘지 달라 보였는데, 관심 없다는 듯 가족들에게서 등을 돌린 느낌이었다. 이제 섬은 따뜻했던 지난밤 같지 않았고, 바다 저 너머만 내다보고 있었다.

무민파파가 말했다.

"자, 여기 있어요. 이렇게 작디작지만 볕이 잘 드는 곳에 두면 꽃봉오리가 벌어지겠지요……. 이제 계속 갑시다. 여기에는 배를 대어 놓은 바닷가까지 쭉 길을 내야겠군요. 그리고 배는 부잔교를 만들어서 묶어 두고요. 할 일이 정말 많아요! 평생을 바쳐서 섬을 완전히 개발하고 기적을 만든다고 생각해 봐요……."

바구니를 집어 든 무민파파는 히스 벌판을 지나 등대를 향해 부지런히 앞서 갔다.

무민 가족의 눈앞에 험하고 가파른 잿빛 바위가 여기저기 갈라진 채 서로 엇갈리며 층층이 쌓여 있는 광경이 불쑥 펼쳐졌다.

무민마마는 생각했다.

'여기는 뭐든 너무 크네. 아니, 내가 너무 작은가…….'

외길도 무민마마만큼이나 작고 어디로 뻗어야 할지 자신이 없어 보였다. 바위 사이를 더듬더듬 함께 나아간 무민마마와 외길은 등대가 콘크리트로 된 육중한 발로 버티며 기다리고 서 있는 꼭대기에 동시에 가 닿았다.

무민파파가 말했다.

"집에 잘 왔어요."

위로, 위로 한참이나 눈길이 올라갔는데, 등대는 끝없이 높고 새하얗고 거대해서 그야말로 믿을 수 없을 정도였다. 등대 꼭대기에서는 겁먹은 제비 떼가 앞서거니 뒤서거니 곡선을 그리며 쏜살같이 날아갔다.

무민마마가 기운 없는 목소리로 말했다.

"멀미가 나겠어요."

무민이 무민파파를 바라보았다. 엄숙하게 등대 계단을 오른 무민파파는 문 쪽으로 손을 뻗었다.

무민파파의 뒤에서 미이가 말했다.

"잠겼어요."

어리둥절한 무민파파가 뒤돌아 서서 미이를 바라보았다.

미이가 다시 말했다.

"그 문 잠겼다고요. 열쇠가 없어요."

무민파파는 문을 잡아당겼다. 손잡이를 비틀어 보기도 하고 살살 돌려 보기도 했다. 문을 두드리고 발로 걷어차기도 했다. 마침내 무민파파는 한 발짝 물러서서 살펴보았다.

무민파파가 말했다.

"여기에 못이 있군. 틀림없이 열쇠를 걸어 놓는 못이야. 당신도 이거 보이죠! 난 문을 잠그면서 열쇠걸이에 열쇠를 걸어 놓지 않는 이가 있다는 말은 한 번도 들어 본 적이 없어요. 더구나 등대지기인데 그럴 리가요."

무민이 말했다.

"계단 밑에 있을지도 몰라요."

계단 밑에도 열쇠는 없었다.

무민파파가 말했다.

"이제 다들 조용히 해요. 조용. 생각 좀 해야겠어요."

무민파파는 바위산 위로 올라가 바다 쪽을 바라보고 앉았다.

잔잔하고 고른 남서풍이 섬으로 불어왔고 날씨도 더 따뜻해져서 등대를 차지하기에 더없이 완벽한 날이었다. 무민파파는 너무 실망한 나머지 마음이 헛헛해져서 생각에 집중할 수가 없었다. 열쇠걸이와 계단 밑 말고는 열쇠를 둘 만한 자리가 없었다. 문틀도 없었고, 창틀도 없었으며, 현관 계단 앞에 으레 놓이는 평평한 돌도 없이 등대는 미끈한 맨몸을 그대로 내보이고 있었다.

무민파파는 지쳐서 더는 생각할 기운도 없었고, 아까부터 가족들이 뒤에 조용히 서서 자신을 기다리고 있는 줄도 알고 있었다. 결국 무민파파는 어깨너머로 소리쳤다.

"눈 좀 붙여야겠어요. 자는 동안 문제가 해결될 때도 아주 많아요. 심지어 중요한 문제는 가만히 내버려두는 편이 나을 때도 있어요."

무민파파는 바위 틈새를 찾아 들어가 몸을 웅크리고 모자를 눈 위까지 눌러썼다. 그러자 말할 수 없이 마음이 놓여 어둠 속으로 가라앉으며 잠이 들었다.

되돌아간 무민은 계단 밑을 들여다보며 말했다.

"여기에는 죽은 새밖에 없는데."

새는 조막만 한 뼈만 남아 금세 부서질 듯했고, 새하얬다. 무민이 현관 계단에 올려놓자 바람에 실려 바위산 아래로 날아가 버렸다.

미이가 흥미롭다는 듯이 말했다.

"저 아래 히스 벌판에 보니까 비슷하게 생긴 게 더 있던데.『주인을 잃은 뼈들의 복수』가 떠오르는걸. 훌륭한 소설이지."

한동안 아무도 말이 없었다.

무민이 물었다.

"그럼 이제 뭘 해야 해요?"

무민마마가 말했다.

"우리가 어젯밤에 만났던 어부가 생각나는구나. 이 섬 어딘가에 살 텐데. 그 어부라면 뭔가 알지도 모르지."

무민마마는 이부자리가 담긴 자루를 열어 빨간 담요를 꺼내 들고 말했다.

"이거 가져다 아빠 좀 덮어 드리렴. 산에서 맨몸으로 자면 몸에 좋지 않으니까. 그리고 나서 섬을 한 바퀴 돌면서 어부를 찾아보렴. 미안하지만 돌아오는 길에 물도 좀 떠 오면 좋겠구나. 구리 주전자는 배에 있단다. 감자도 가져오고."

갈 곳이 있고 뭔가 할 일이 있으면 신나는 법이다. 무민은 문이 잠긴 거대한 등대를 뒤로하고 섬을 둘러보았다. 바위산 아래로는 여름의 정적이 흐르고 있었고, 비탈을 가득 뒤덮은 히스 벌판이 붉게 일렁거렸다. 땅은 뜨겁고도 단단했다. 좋은 냄새도 풍겼지만 무민 골짜기에 있는 집 정원에서 나는 냄새와는 달랐다.

혼자 있게 된 뒤에야 비로소 무민은 섬을 제대로 들여다보고 냄새를 맡고, 두 손으로 느끼고, 귀 기울여 들어 볼 수 있었다. 바다에서 규칙적으로 밀려오는 파도 소리로 둘러싸인 섬은 무민 골짜기보다 훨씬 조용했고, 무척 오랫동안 정적에 휩싸여 있었던 듯했다.

무민은 생각했다.

'다가가기 쉽지 않은걸. 이 섬은 혼자 있고 싶어 해.'

히스 벌판은 섬 가운데 키 작은 푸른 이끼가 자라는 움푹 들어간 늪에서 끝났다가 다시 비탈을 따라 펼쳐졌고 전나무와 난쟁이 자작나무가 자라는 야트막한 숲에서 사라졌다.

'큰 나무 한 그루에 다 같이 살지 않고, 참 이상하네.'

모두 낮게 자라거나 땅바닥을 기듯 하며 바위산으로 더듬더듬 뻗어 나가고 있었다. 무민은 퍼뜩 자신도 네 발로 기어가며 몸을 작게 웅크려야 할지도 모른다는 생각이 들었다. 무민은 곶을 향해 내달리기 시작했다.

서쪽 곶 끄트머리에 돌과 시멘트로 지은 아주 작은 집 한 채가 보였다. 수많은 꺾쇠로 바위산에 단단히 고정된 집이었는데, 바다표범의 등처럼 지붕이 둥글게 굽었고 튼튼한 유리창 너머로는 곧장 바다가 보였다. 그 집은 너무 작아서 몸집이 적당한 딱 한 명만 겨우 앉을 수 있을 정도였다. 어부가 자기 자신을 위해 지은 집이었다. 어부는 팔베개를 하고 드러누워 천천히 흘러가는 구름을 주의 깊게 바라보고 있었다.

무민이 말했다.

"안녕하세요. 여기에서 사세요?"

어부는 심드렁하게 대답했다.

"폭풍이 올 때만."

무민은 진지하게 고개를 끄덕였다. 큰 파도를 좋아한다면 어부처럼 살아도 좋을 터였다. 밀려와서 부서지는 파도 한가운데 앉아 산더미만 한 푸른 파도가 밀려드는 모습을 바라보고 지붕 위로 파도가 부서지는 소리를 듣는다면. 무민은 언젠가 집 안에 들어가 파도를 봐도 괜찮을지 어부에게 묻고 싶었지만, 누가 봐도 한 명만을 위해 지은 집이었다.

무민이 말했다.

"엄마가 안부를 전하면서 등대 열쇠도 여쭈어 보라고 하셨어요."

어부는 아무 대답이 없었다.

무민이 걱정스러운 목소리로 설명했다.

"아빠가 등대에 들어가지 못하고 계세요. 그래서 저희 생각에는 혹시 등대지기가……."

다시 침묵이 흘렀다. 하늘에는 새로운 구름이 피어올랐다.

무민이 물었다.

"저, 등대지기가 있기는 했죠?"

어부가 드디어 고개를 돌려 바다처럼 맑은 두 눈으로 무민을 바라보더니 말했다.

"아니. 난 열쇠 따위는 전혀 모른다."

무민이 뒤이어 말했다.

"등대지기가 등댓불을 끄고 길을 떠났어요?"

무민은 이제껏 이렇게 질문을 무시하는 이를 한 번도 만난 적이 없었다. 무민은 화도 나고 힘도 조금 빠졌다.

어부가 말했다.

"기억 안 난다. 어떻게 생겼는지도 잊어버렸고……."

어부는 엉거주춤 일어나더니 바위에서 내려갔는데, 잿

빛에 쪼글쪼글한 몸으로 나뭇잎처럼 가볍게 움직였다. 몸집은 무척 작았고 대화에는 눈곱만큼도 관심을 보이지 않았다.

무민은 어부를 잠시 바라보고 서 있었다. 그리고 돌아나와 곶으로 다시 갔다. 무민은 구리 주전자를 가지러 배가 묶인 바닷가로 기어 내려갔다. 가족들은 아침을 먹을 테였다. 무민마마가 바위 사이에 화덕을 만들고 등대 계단에 상을 차릴 테니까. 그러고 나면 모든 게 어떤 식으로든 해결되리라.

바닷가 모래밭은 눈부시게 하얬다. 바닷바람이 섬 주위에서 쓸어 온 온갖 물건과 고운 모래를 가는 낫 모양으로 뻗은 곶과 곶 사이에 거두어들이고 있었다. 떠내려온 나뭇조각들은 만조선보다도 높이 죽은 나무 덤불 밑에 쌓여 있었지만, 그보다 아래 모래밭은 전혀 더럽혀지지 않아서 마룻바닥처럼 매끈했다. 걷기 좋았다. 바다 가까이에서 걸으면 발자국에 곧바로 물이 고여서 작은 웅덩이가 되었다. 무민은 무민마마를 위해 조개껍질을 찾아보았지만 깨진 것들뿐이었다. 거센 파도에 부서졌으리라.

그때 모래밭에서 뭔가가 반짝였는데, 조개껍질이 아니라 은으로 된 편자였다. 바로 옆에는 바다로 향한 발자국

이 남아 있었다.

무민이 진지하게 중얼거렸다.

"말이 바다로 뛰어들다가 바로 이 자리에 한쪽 편자를 떨어뜨렸나 봐. 틀림없어. 보기 드물게 무척 작은 말이겠지. 이 편지는 은을 칠했는지, 아니면 진짜 은으로 만들었는지 궁금한걸."

무민은 엄마에게 가져다주려고 편자를 집어 들었다.

저만치에도 바다에서 곧장 달려 나온 흔적이 있었다. 그렇다면 해마일 터였고, 무민은 한 번도 해마를 본 적이 없었다. 해마는 저 멀리 깊디깊은 바다에서 살았다. 무민은 이 해마의 집에 남는 편자가 더 있으면 좋겠다고 생각했다.

배는 둘둘 말려 올라간 돛과 함께 널브러져 있었는데, 두 번 다시 항해를 떠나고 싶지 않은 듯했다. 배가 너무 높이 끌어올려진 탓에 바다와 더는 아무 연관도 없어 보였다. 무민은 가만히 서서 모험호를 바라보았다. 배는 조금 안쓰러워 보였지만, 잠시 잠들었을 뿐이었다. 어쨌거나 어느 저녁에는 그물을 칠 테니까.

그때 바다 위로 푸른빛이 감도는 잿빛 구름이 잔잔히 피어오르더니 저 멀리 수평선까지 층층이 뒤덮었다. 바닷가는 더없이 쓸쓸해졌고, 무민은 그만 집에 가야겠다고 생각했다. 등대 앞 계단이 갑자기 집이 되어 버렸다. 가족들이 살던 무민 골짜기는 너무 멀었다. 더구나 무민은 은으로 된 편자까지 발견했다. 이제는 어쩔 수 없었다.

무민파파가 되물었다.

"아니, 아무것도 기억이 안 난다고!? 어부는 등대지기를 알겠지. 한 섬에 살았으니까. 틀림없이 친했을 텐데."

무민이 말했다.

"하나도 기억나지 않는대요."

미이가 잇새로 푸푸 바람을 불더니 말했다.

"그 어부는 머리에 해초만 잔뜩 든 멍청이예요. 보자마자 알겠던데요. 그리고 멍청이 둘이 한 섬에 살면 서로 훤히 꿰뚫고 있든지 아니면 전혀 관심 없든지 둘 중 하나겠죠. 둘 다일지도 모르고요. 그러니까 제 말은, 서로 너무 잘 알면 관심이 없어진다고요. 전 이런 데 훤하니까, 제 말 믿으세요."

무민마마가 중얼거렸다.

"비만 오지 않았으면 좋겠네."

가족들은 둘러서서 무민을 바라보고 있었고, 태양이 사

라지자 날이 제법 추웠다. 모두 조금 당황한 기색이라 무민은 그 집이 파도를 볼 수 있게 지어졌다는 말을 할 마음이 사라졌다. 게다가 모두 빙 둘러싸고 자신을 바라보는데 엄마에게 편지를 건넬 수도 없었다. 무민은 나중에 무민마마와 단둘이 남게 되면 편지를 건네기로 했다.

무민마마가 다시 말했다.

"비만 오지 않았으면 좋겠는데."

무민마마는 화덕 위에 구리 주전자를 올리고 무민파파가 꺾어 온 갯패랭이꽃을 물에 담갔다.

"비가 오거든 화분 하나를 씻어서 빗물을 받아야겠어요. 여기 화분이 있다면 말이죠……."

무민파파가 불뚝거렸다.

"다 내가 해결한다니까요. 당신은 잠자코 기다려요. 순서대로 해야죠. 내가 열쇠를 찾을 때까지 음식이나 빗물이나 다른 소소한 일은 신경 쓰지 말아요!"

미이가 말했다.

"하! 그 어부가 등대지기랑 열쇠를 모두 바다에 던져 버렸을걸요. 절 믿으시라니까요. 여기에선 어마어마하게 끔찍한 일이 일어났고, 앞으로 더한 일이 벌어질걸요!"

무민파파는 한숨을 내쉬었다. 등대를 돌아간 무민파파는 아무도 볼 수 없는 바다 쪽 절벽으로 올라갔다. 가족들은 가끔 중요한 일에 집중하지 못하고 걸리적거리기만 했다. 무민파파는 다른 집 아빠들도 똑같은지 궁금했다.

그러니까, 잠을 자도 직접 찾아 헤매도 열쇠를 찾는 데에는 아무 소용이 없었다. 열쇠를 느껴야만 했다. 무민파파는 무민의 외할아버지와 똑같이 해 보려고 했다. 무민의 외할머니는 평생 물건을 주위에 흘리고 다니고 어디에 두었는지 찾지 못했다. 그때마다 무민의 외할아버지는 머릿속으로 무언가를 연결했다. 달리 노력할 필요가 없었다. 그는 늘 물건을 찾아냈다. 그런 다음, 다정하게 말하곤 했다.

"이 할망구 같으니."

무민파파도 해 보았다. 바위 사이를 정처 없이 돌아다니며 머릿속의 뭔가를 연결하려고 애썼다. 결국에는 깡통에 든 콩이 통통 튀듯 머릿속이 뒤죽박죽이 된 느낌이 들었다. 하지만 그뿐이었다.

발길 닿는 대로 정처 없이 걷다 보니, 동근 바위 사이로 햇볕에 시든 짧은 풀들이 발에 밟혀 잘 다듬어진 샛길이 나왔다. 그 길을 걸으며 머릿속의 뭔가를 연결시키려고 애쓰다가 불현듯 무민파파는 이 길을 등대지기가 냈을지도 모른다는 생각이 들었다. 등대지기는 틀림없이 몇 번이나 같은 길을 걸었을 터였다. 그것도 아주 오래전에. 무민파파가 그랬듯이 등대지기 또한 바다 쪽 절벽으로 가로질러 왔으리라. 그 길이 끝나는 곳에는 텅 빈 바다 말고는 아무것도 없었다.

무민파파는 절벽 끄트머리로 다가가 아래를 내려다보았다. 깎아지른 벼랑이 춤을 추는 듯한 곡선과 아름답고도 섬세한 직선이 어우러지며 익살스럽게 아래로 아래로 내려가고 있었다. 절벽 밑바닥으로는 으르렁거리는 파도가 높이 솟구쳤다가 물러나며 하얗게 부서지길 반복하고 있었는데, 덩치 크고 겁 많은 생명이 바위 위를 올랐다가 떨어지는 듯이 보였다. 그림자가 드리워진 물빛은 무척 어두웠다.

무민파파는 다리가 후들거리고 현기증이 났다. 털썩 주저앉았다. 하지만 아래를 내려다볼 수밖에 없었다. 이곳은 깊고 거대한 바다에 있었고, 묶어 놓은 배 주위로 파도가 부서지던 무민 골짜기의 바다와는 비교가 되지 않았다. 무민파파는 몸을 앞으로 내밀었다가 절벽의 높은 봉우리 아래로 자그마한 바위 턱을 발견했다. 생각할 것도 없이 바위 턱의 평평한 곳으로 미끄러져 내려가자, 의자처럼 둥글게 움푹 팬 자리가 있었다. 그 순간 무민파파는 혼자 외따로 남겨진 느낌이었고, 주위에는 하늘과 바다뿐이었다.

등대지기는 틀림없이 왔으리라. 자주 와 있었을 터였다. 무민파파가 눈을 감자, 주위가 빙글빙글 돌았고 머릿속 콩들이 그 어느 때보다도 요란하게 통통 튀었다.

'등대지기는 파도가 높을 때면 여기로 왔겠지……. 폭풍이 몰아치는 하늘에서 갈매기들이 바람을 타고 나는 광경을 바라봤을 테고, 눈앞에서는 파도가 눈구름처럼 산산이 부서졌겠지. 하얀 진주 같은 물방울이 코앞까지 튀어 올라 잠깐 머물다가 저 아래 시커멓게 성난 바다로 떨어지고……'

무민파파는 눈을 번쩍 뜨고 몸을 떨었다. 그러고는 등을 꼿꼿이 펴고 절벽 쪽으로 발을 돌리자, 바위 틈새로 무척 작고 하얀 꽃들이 무성하게 피어 있었다. 가장 넓은 틈

새에는 붉게 녹슨 무언가가 있었는데, 열쇠, 쇠로 된 묵직한 열쇠였다.

무민파파의 머릿속에서 무언가가 연결되었다. 모든 일이 너무 당연하고도 분명했다. 이곳은 등대지기가 자신을 돌아보고 생각에 잠기는 혼자만의 공간이었다. 무민파파가 등대를 차지할 수 있도록 등대지기는 바로 이곳에 열쇠를 남겨 놓았다. 엄청난 의식과 마법과도 같은 힘을 통해 무민파파는 등대의 주인이자 등대지기로 임명되었다.

무민마마가 말했다.

"어머, 세상에. 다행이에요. 열쇠를 찾았네요!"

무민이 소리쳤다.

"어디에 있었어요?"

무민파파가 비밀스러운 목소리로 말했다.

"어허, 그런 건 자세히 알려 줄 수 없지. 세상은 받아들일 준비가 된 이들에게는 엄청나게 놀라운 일들로 가득하단다. 세상에서 가장 크고 가장 새하얀 갈매기가 나한테 열쇠를 물어다 줬을지도 모르지……."

미이가 말했다.

"하, 비단 리본이랑 오케스트라를 대동하고요, 네!?"

무민파파는 계단을 올라가 열쇠를 자물쇠에 집어넣었다. 천천히 삐걱거리며 거대한 문이 열렸고, 칠흑 같이 어두운 등대 안이 보였다. 미이가 쏜살같이 안으로 들어가려 했지만 무민파파가 미이의 올려 묶은 머리 끄트머리를 잡아챘다.

무민파파가 말했다.

"안 되지, 안 돼. 이번엔 너부터 들어가면 안 돼. 이제 내가 등대지기니까 내가 먼저 들어가서 점검해야지."

무민파파는 미이를 뒤로하고 어둠 속으로 사라졌다.

천천히 다가온 무민마마가 안을 들여다보았다. 등대 안은 썩어서 속이 텅 빈 나뭇등걸 같았고 바닥부터 꼭대기까지 금세 무너져 내릴 듯 허름한 나선형 계단이 자리를 차지하고 있었다. 벽면을 따라 점점 좁아지는 나선형 계단은 힘겹게 간신히 뻗어오르고 있었고, 무민파파가 발을 내디딜 때마다 삐걱거리는 소리가 요란하게 났다. 햇볕은 두꺼운 벽에 난 작고 둥근 창문으로 아주 조금 새어 들었다. 자그마한 창문마다 꼼짝도 하지 않는 커다란 새들의 그림자가 드리워져 있었다. 새들은 무민 가족을 바라보고 있었다.

무민이 속삭였다.

"날이 흐리다고 생각하는 편이 좋겠어요. 뭐든 꾸미지

않으면 조금 우울해 보이잖아요."

무민마마가 말했다.

"그렇고말고."

무민마마는 문턱을 넘자마자 멈추어 서고 말았다. 안은 눅눅하고 무척 서늘했다. 물웅덩이 사이사이는 새까맣게 젖어 있었고, 계단까지 널빤지가 몇 개 놓여 있었다. 무민마마는 머뭇거렸다.

무민이 말했다.

"저기, 엄마. 엄마한테 드릴 게 있어요."

무민마마는 은으로 된 편자를 받아 들고 오랫동안 들여다보았다.

무민마마가 말했다.

"정말 아름답구나! 이렇게 좋은 선물을 받다니! 이렇게 작은 말이 있을 줄이야……."

무민은 신이 나서 소리쳤다.

"엄마, 들어오세요. 들어오세요. 같이 꼭대기까지 뛰어 올라가요!"

등대 위로 올라가자, 무민파파가 부드러운 챙에 매듭이 달린 무척 희한한 모자를 쓰고 문 앞에 서 있었다.

무민파파가 말했다.

"어때요? 저 문 안쪽 못에 걸려 있던 모자를 찾았어요. 등대지기가 썼던 모자가 틀림없어요. 들어와요! 들어와! 여긴 내가 상상하던 모습 그대로예요."

그쪽에는 커다랗고 둥근 방이 있었는데, 천장은 낮고 창문이 네 개 나 있었다. 한가운데에는 칠을 하지 않은 식탁 하나와 텅 빈 상자가 몇 개 놓여 있었다. 화덕 옆으로는 좁다란 침대와 작은 서랍장이 있었다. 천장으로 난 출입구 쪽으로는 철제 사다리가 하나 놓여 있었다.

무민파파가 설명했다.

"등댓불이 저 위에 있어요. 오늘 저녁에 켤 참이에요. 벽이 하얘서 좋죠! 이렇게 크고 자유롭고 텅 빈 공간이라니. 창밖을 봐도 똑같이 크고 자유롭고 텅 빈 공간뿐이고요! 그렇죠!?"

무민파파가 바라보자, 무민마마가 웃으며 말했다.

"당신 말이 맞아요. 어쩜 이렇게 텅 비고 자유로운지!"

미이가 넘겨짚었다.

"누가 여기에 화풀이했나 봐요."

바닥에는 유리 조각이 잔뜩 널려 있고 하얀 벽 위에 난 크고 누런 기름 자국 아래로는 흘러내린 기름이 바닥에 흥건히 고여 굳어 있었다.

"누가 등을 집어던졌을까?"

무민마마가 궁금하다는 듯이 말하며 식탁 아래로 굴러 들어간 놋쇠 전등갓을 주워들었다.

"그러고는 여기 이 어둠 속에 앉아서……."

무민마마는 손으로 식탁을 쓸어 보았는데, 식탁 표면에는 연이어 그어진 줄 여섯 개를 가로질러 일곱 번째 줄이 난 홈이 수백 개, 어쩌면 수천 개가 패어 있었다.

"일곱 개? 일주일이라는 뜻일 수도 있겠네."

일주일은 무척 많았고, 모두 똑같은 모양새였다. 딱 하나만 빼고. 그 하나에는 홈이 다섯 개뿐이었다. 무민마마는 잔과 냄비를 건드려 보기도 하고, 상자에 인쇄된 글자를 읽어 보기도 했다.

"말라가산 건포도, 스카치위스키, 핀란드산 비스킷."

담요를 들어 올리자 침대보가 남아 있는 모습도 보였다. 서랍장은 열어 보지 않았다.

다른 가족들은 무민마마를 주의 깊게 바라보고 있었다. 마침내 무민파파가 말했다.

"그래서 어때요?"

무민마마가 말했다.

"등대지기가 무척 외로웠나 봐요."

"그랬겠지요. 그렇지만 당신은 어떻게 생각해요?"

무민마마가 말했다.

"아늑하고 좋아요. 한 방에 모여 지낼 수 있잖아요."

무민파파가 맞장구를 쳤다.

"바로 그거죠! 이제 바닷가에서 널빤지를 주워다 우리가 잘 침대를 만들어야겠어요. 길도 내고 부잔교도 만들어야죠. 세상에, 할 일이 정말 많아요……. 그보다 우선 비가 올지도 모르니 짐부터 날라야겠어요. 아니, 아니. 당신은 됐어요. 당신은 편하게 여기 남아서 집에 왔다고 생각해 봐요."

문 앞에서 뒤돌아 선 미이가 말했다.

"전 밖에서 잘래요. 침대 없이 말이죠. 침대라니, 바보 같아요."

무민마마가 말했다.

"그러렴. 비가 오면 들어와야 한다."

모두 나가고 혼자 남은 무민마마는 모자걸이에 편자를 걸었다. 그러고는 창가로 가서 바깥을 내다보았다. 다른 창가로, 또 다른 창가로 다가갔다. 온통 바다뿐이었고, 바다와 요란하게 우는 제비 말고 육지는 전혀 보이지 않았다.

마지막으로 다가간 창문에 아닐린* 펜이 노끈 조금과 그물 꼬챙이와 함께 놓여 있었다. 무민마마는 아무 생각 없이 펜을 들어 창틀에 작은 꽃을 한 송이 그려 넣고 꽃잎에는 예쁘게 음영도 넣었다.

무민파파가 머리를 굴뚝에 넣은 채 화덕에 서서 소리쳤다.

"여기 새둥우리가 있어요. 그래서 불이 붙질 않았군."

무민마마가 물었다.

"새가 살고 있어요?"

얼굴이 시커메진 무민파파가 밖으로 나왔다.

"어느 운 좋은 물닭이 살았나 봐요. 지금은 없어요. 남쪽으로 떠났겠지요."

무민이 소리쳤다.

"그렇지만 봄이 되면 돌아올 텐데요! 물닭이 돌아오면

---

* **아닐린**(Aniline)_ 벤젠으로 만드는 유성 액체로, 물에는 조금 녹는다. 합성물감, 염료, 화약 약품 등의 원료로 쓰인다.—옮긴이

집을 찾을 수 있어야죠. 요리는 밖에서 해도 되잖아요!"

미이가 물었다.

"평생?"

무민이 웅얼거렸다.

"뭐, 둥우리는 나중에 천천히 옮기면 되지."

미이가 말했다.

"하! 늘 그런 식이지. 물닭이 자기 둥우리가 곧장 옮겨졌는지 천천히 옮겨졌는지 어떻게 알아? 네 말은 녀석을 쫓아내면서 미안하니까 둘러대는 변명일 뿐이지."

무민파파가 깜짝 놀라 물었다.

"우리가 앞으로 평생 밖에서 밥을 먹어야 한다고?"

가족들은 모두 무민마마를 바라보았다.

무민마마가 말했다.

"둥우리를 내려 줘요. 창밖에 달면 되죠. 가끔은 물닭보다 무민들이 더 중요할 때도 있으니까요."

무민마마는 방이 조금 더 보기 좋게 설거지 거리를 침대 밑에 밀어 넣은 다음, 흙을 찾아 나섰다. 무척 중요한 산책이었다.

등대 계단 옆에 멈추어 선 무민마마는 장미에 바닷물을 조금 뿌려 주었다. 장미는 집에서 가져온 흙과 함께 설탕 상자 안에서 기다리고 있었다. 정원 식물에게는 바람막이가 꼭 필요했다. 가능하면 등대와 가까워야 했고 낮에는 햇볕도 많이 쬐어야 했다. 그리고 질 좋은 흙이 두툼히 깔려 있어야만 했다.

무민마마는 한참 찾아 헤맸다. 등대 바위에 올랐다가, 히스 벌판을 지나 이끼밭으로 내려가 보고, 나무 덤불을 돌아 사시나무 숲을 지나 따뜻하고 거친 토탄이 묻힌 지대를 걷고 또 걸었지만 어디에도 질 좋은 흙은 없었다.

무민마마는 이렇게 돌이 많은 곳은 한 번도 본 적이 없었다. 사시나무 숲 뒤쪽 땅은 돌 말고는 아무것도 없었다. 잿빛 둥근 돌멩이만 가득 널려 있는 메마른 돌밭이었다. 그 한가운데에 누가 커다란 구덩이를 만들어 놓았다. 무민마마가 가까이 다가가 들여다보았다. 그 속에도 잿빛 둥

근 돌멩이뿐, 새로운 돌이라고는 없었다. 무민마마는 등대지기가 뭘 찾으려고 했는지 궁금해졌다. 특별한 무언가가 아닐지도 몰랐다. 재미 삼아 돌을 옮겼을지도 모를 일이었다. 돌을 하나씩 옮겨 보았는데 다시 굴러 내려오니 지겨워져서 내팽개치고 떠났을 수도 있었다.

무민마마는 모래밭 쪽으로 갔다. 그곳에서 드디어 흙을 찾았다. 오리나무들이 자라는 바닷가를 따라 땅속 깊숙이 자리 잡은 새까만 부엽토가 띠를 이루며 쭉 뻗어 있었다. 바위 사이로 무성하게 자란 초록빛 억센 식물들이 피워낸 노란빛과 보랏빛 꽃들로 갑자기 화려한 정글이 펼쳐졌다.

무민마마는 손으로 흙을 파 보았다. 건드리지 말라는 듯 싱싱한 뿌리가 수천 가닥으로 뻗어 나가며 촘촘히 자라고 있었다. 하지만 그쯤은 문제가 되지 않았다. 어쨌거나 흙을 찾았고, 이제야 비로소 무민마마는 이 섬이 믿음직스러워졌다.

무민마마는 앞치마를 휘날리며 달려가 바닷말 사이에서 널빤지를 모으고 있는 무민파파에게 소리쳤다.

"흙을 찾았어요!"

무민파파가 고개를 들고 말했다.

"오, 여보. 내 섬이 어때요?"

무민마마는 들뜬 마음으로 자신 있게 말했다.

"이 세상 어디에도 이런 곳은 없을 거예요! 섬 가운데가 아니라 여기 이 바닷가 쪽에 흙이 있었어요!"

무민파파가 말했다.

"당신한테 말해 둬야겠군요. 뭐든 잘 모르겠으면 나한테 먼저 물어보도록 해요. 바다라면 내가 모르는 게 없으니까요. 봐요, 이건 파도가 몰고 온 바닷말이에요. 이것들이 점점 흙이 되죠. 알겠어요? 당신, 이건 몰랐죠!"

무민파파는 껄껄 웃으며 두 팔을 벌려 바닷속에 일렁이는 온갖 해초를 무민마마에게 건네주는 시늉을 했다.

무민마마는 바닷말을 모았다. 하루가 다 가도록 바닷말을 주워 벌어진 바위 사이로 옮겼고, 그곳은 점점 정원으로 바뀔 터였다. 바닷말은 무민 골짜기에 있던 흙처럼 짙고 따뜻한 색이었다. 게다가 해초만이 가지는 보랏빛과 주황빛도 띠고 있었다.

무민마마는 마음이 놓이고 행복해졌다. 당근이며 순무 그리고 감자가 따뜻한 볕을 받으며 쑥쑥 자라 둥글게 영그는 모습을 상상했다. 곳곳에서 푸른 순이 돋고 튼튼한 잎이 무성해지는 모습이, 가족들이 먹을 토마토와 완두콩 그리고 강낭콩이 묵직해져서 푸른 바다 쪽으로 부는 바람에 흔들리는 모습이 눈에 선했다. 이 모든 일은 이듬해 여름에나 일어나겠지만 괜찮았다. 무민마마에게도 무언가 꿈꿀 일이 생겼다. 그중에서도 사과나무 한 그루를 키우는 꿈이 가장 컸다.

날이 저물고 있었다. 등대 옆에서 들리던 망치질 소리도 이미 오래전에 그쳤고 제비들도 한결 조용해졌다. 무민마마는 휘파람을 불며 두 팔 가득 장작을 안고 히스 벌판을 지나 집으로 향했다. 등대 바위에는 무민파파가 무민마마를 위해 만든 난간이 세워져 있었고, 문 앞에는 완성된 침대 두 개와 무민파파가 바다에서 찾은 작은 상자가 하나 놓여 있었다. 한때 초록빛이었을 상자는 그럴싸해 보였다.

이제 나선형 계단을 오르는 두려움도 덜해졌다. 아래를 내려다보지 않도록 주의하면서 뭔가 신나는 일을 생각하기만 하면 됐다. 무민은 식탁에 앉아 작고 둥근 돌멩이를 종류별로 분류하고 있었다.

무민마마가 말했다.

"여기 있었구나. 아빠는 어디 계시니?"

무민이 말했다.

"위에서 등댓불을 켜고 계세요. 전 따라오지 말라고 하셨어요. 가신 지 한참 됐어요."

텅 빈 새둥우리가 서랍장 위에 놓여 있었다. 무민마마는 벽난로 아래에 장작을 한 줄로 늘어놓으며 휘파람을 계속 불었다. 이제 바람은 잦아들었고, 태양은 서쪽 창문에서 저물며 마룻바닥과 하얀 벽을 붉게 물들였다.

화덕에 불이 붙었을 때, 열린 문틈으로 들어온 미이가 고양이처럼 창문으로 뛰어올랐다. 미이는 얼굴을 창에 들이대고 제비들을 향해 우스꽝스러운 표정을 지었다.

그때 갑자기 천장 출입구가 벌컥 열리더니 무민파파가 철제 사다리를 밟고 내려왔다.

무민마마가 물었다.

"불은 잘 켜져요? 어쩜 이렇게 편안한 침대를 만들었어요. 이 상자는 생선 절일 때 쓰면 좋겠어요. 빗물받이로만 쓰기에는 너무 아까워요……."

남쪽 창문으로 간 무민파파는 우두커니 서서 밖을 내다보았다. 무민마마는 무민파파의 뻣뻣해진 꼬리와 파르르 떨리는 털을 보자마자 눈치 챘다. 무민마마는 장작을 더 넣고 청어 절임을 한 통 열었다. 무민파파는 아무 말도 하지 않고 차만 마셨다. 저녁상을 치운 무민마마가 식탁에 남포등을 내려놓으며 말했다.

"예전에 들었는데, 이런 등대는 가스로 불을 밝힌대요. 가스가 떨어지면 등댓불을 켤 수 없죠."

무민파파가 어두운 목소리로 말했다.

"가스통이 있어요. 탑에 가스통이 잔뜩 있어요. 그런데 그 통을 연결해서 고정할 수가 없어요."

무민마마가 의견을 내놓았다.

"혹시 나사가 부족해서 그럴까요. 저야 가스는 절대 못 믿지만 말이에요. 위험하기도 하고 번거롭잖아요. 그 장치는 내버려두는 편이 좋겠어요. 까딱 잘못하면 우리까지 모두 날아가 버릴지도 모르잖아요."

무민파파가 벌떡 일어나 소리쳤다.

"당신이 제대로 이해를 못 했나 본데, 이제 난 등대지기예요! 등대는 불이 켜져야 한다고요. 그래서 왔는데, 등댓불도 없는 등대에서 살면 뭐 해요? 그리고 저 밖에 어둠 속에서 항해하는 배들은 언제 어느 때 뭍에 올라앉거나 우리 눈앞에서 가라앉아 버릴지도 모르는데……."

미이가 말했다.

"맞아요. 그리고 아침이 되면 바닷가가 물에 빠져서 창백하고 해초처럼 푸르뎅뎅하게 변한 필리용크랑 밈블이랑 훔퍼로 가득 차서……."

무민마마가 말했다.

"바보 같이 굴지 마렴."

그러고는 무민파파를 향해 돌아서서 말했다.

"오늘 저녁에는 켜지 못했지만 내일은 켤 수도 있어요. 아니면 다른 날도 있고요. 그리고 불을 켜지 못했는데 날이 궂으면 창문에 등을 달아 두면 되잖아요. 누구든 그걸 볼 때면 '이쪽으로 항해하면 육지에 코를 박겠구나.' 하고 이해하겠지요. 그건 그렇다 치고, 어두워지기 전에 침대를 안으로 들여야 하지 않나 싶어요. 전 금세 부서져 버릴 것만 같은 이 계단을 도무지 못 믿겠어요."

무민파파는 못에 걸린 모자를 집어 들고 말했다.

"내가 직접 날라 오지요."

등대 밖은 어둑어둑했다. 무민파파는 잠자코 서서 바다 저 멀리를 바라보며 생각했다.

'이제 무민마마가 남포등을 켜는군. 늘 그랬듯이 불씨를 한껏 키우고 한동안 들여다보겠지. 석유는 한 통 가득 있으니까……'

새들은 모두 잠자리에 들고 없었다. 서쪽에 있는 작은

바위섬들은 저문 태양을 배경으로 까맣게 서 있었는데, 그 중에는 부표도 있을 터였다. 아니면 높이 쌓아 올린 돌탑일지도 몰랐다. 무민파파는 침대를 하나 들어 올리다 몸이 뻣뻣하게 굳어 귀를 기울였다.

저 멀리에서부터 삐걱거리는 소리가 희미하지만 규칙적으로 들려오고 있었는데, 한 번도 들어 본 적 없는 낯설고 외로운 소리였다. 물 위에서 들려오는 소리는 끔찍하리만치 쓸쓸했다. 잠깐 발밑 땅이 흔들리는 듯했다. 이제 다시 잠잠해졌다.

무민파파는 새가 틀림없다고 생각했다.

'그 우는 소리 한번 이상하네.'

무민파파는 침대를 등에 짊어졌는데, 멋지고 튼튼한 침대였다. 흠 잡을 데라곤 없었다. 하지만 등대에 있는 등대지기의 침대는 무민파파의 것이었고, 다른 누구도 쓸 수 없었다.

무민파파는 끝이 보이지 않는 계단을 뛰어 올라가는 꿈을 꾸었다. 주위는 어두컴컴하고 퍼덕거리는 날갯짓소리로 가득했고, 새들은 아무 소리 없이 날고 있었으며, 삐걱거리는 계단은 무민파파가 허둥거리며 발을 떼자마자 요란한 소리를 내며 떨어져 내렸다. 무민파파는 늦기 전에 올라가 등댓불을 켜야만 했는데, 무척 중요한 일이었다. 계단이 점점 더 좁아지더니 이제 철제 사다리를 오르는 발소리가 들려왔고, 무민파파는 유리로 된 둥근 집에서 자신을 기다리고 있는 등댓불 쪽으로 다가갔다. 꿈은 느리게 흘러가기 시작했고, 무민파파는 벽을 샅샅이 뒤지며 성냥을 찾았다. 커다랗고 가운데가 볼록한 색유리가 길을 막아선 채 바다를 비추고 있었는데, 빨간 색유리는 파도를 불길처럼 붉게 물들였고, 초록 색유리는 바다를 에메랄드빛으로 물들여 마치 달에나 있을 듯이 혹은 세상 어디에도 없는 듯이 차디차고 동떨어져 보이게 만들었다. 이제 더는 미룰 수 없을 만큼 급한데 꿈은 점점 더 느려지고만 있었다. 무민파파가 바닥에 굴러다니는 가스통에 발이 걸려 비틀거리자 가스통은 파도가 밀려오듯 점점 더 많이 굴러왔고,

이제 새들도 다시 몰려들어 유리에 날개를 부딪치며 무민파파가 등댓불을 켜지 못하게 방해했다. 무민파파가 두려움에 못 이겨 소리를 내지르자 색유리가 산산이 부서져 버리고 바다가 등대보다도 높이 솟구치더니 무민파파는 끝없이 아래로 아래로 떨어졌다. 그리고 머리에 담요를 두른 채 마룻바닥에서 눈을 떴다.

무민마마가 물었다.

"무슨 일이에요?"

방 안은 고요했고 네 창문으로 푸른 밤 풍경이 보였다.

무민파파가 말했다.

"꿈을 꿨어요. 아주 끔찍했어요."

무민마마가 일어나 화덕에 마른 나뭇가지 몇 개를 집어넣었다. 불꽃이 살아나면서 어둠 속에서 따뜻하고 노란 불빛이 일렁거렸다.

무민마마가 말했다.

"샌드위치를 만들어 줄게요. 어쨌거나 여긴 낯선 곳이잖아요."

침대 가장자리에 앉은 무민파파가 샌드위치를 먹는 동안 두려움도 천천히 사그라졌다. 무민파파가 말했다.

"방 때문이 아니에요. 이 침대예요. 이 침대가 악몽을 꾸게 만드나 봐요. 새로 하나 만들어야겠어요."

무민마마가 말했다.

"나도 같은 생각이에요. 뭔가 사라졌는데 알고 있었어요? 숲에서 들리는 소리가 전혀 없네요."

무민파파는 귀를 기울였다. 섬을 둘러싼 바다에서 들려오는 소리를 듣고 있자니 무민 골짜기에서 밤마다 들었던 나무 흔들리는 소리가 떠올랐다.

"이 소리도 정말 운치 있어요."

이렇게 말한 무민마마는 담요를 귀까지 덮었다.

"같은 소리는 아니지만요. 이제 악몽은 꾸지 않겠죠?"

무민파파가 대답했다.

"그럼요. 역시 밤참으로 먹는 샌드위치가 최고예요."

제3장

서풍

무민과 미이는 햇볕 아래에 엎드린 채 덤불숲을 바라보고 있었다. 야트막한 숲은 온통 뒤엉켜 있었는데, 키 작은 전나무들은 사방으로 줄기를 사납게 내뻗고 있었고 평생을 폭풍에 맞서 싸운 난쟁이 자작나무들은 그보다도 더 작았다. 나무들은 이제 서로를 지켜 주느라 다닥다닥 붙어 있었고, 위로는 자라지 않았지만 나뭇가지들은 자리가 나는 대로 옆으로 퍼져 나가며 땅에 단단히 엉겨 붙어 있었다.

미이가 감탄했다.

"저렇게 화낼 기운이 있다니."

무민은 기를 쓰고 자라고 있는 나무 덤불 아래로 뱀이 똬리를 틀고 있는 듯이 굽은 나무줄기를 들여다보았다. 낮게 뒤엉킨 전나무 가지와 갈색으로 변한 잎사귀가 속이 보이지 않는 구멍과 굴을 양탄자처럼 뒤덮고 있었다.

무민이 말했다.

"저기 봐. 전나무가 작은 자작나무를 보호하려고 품에 안고 있어."

미이가 쌀쌀맞은 목소리로 말했다.

"그건 네 생각이지. 내가 보기엔 전나무가 자작나무를 붙들고 있는 것 같은데. 여긴 누구든 붙잡아 가두는 숲이거든. 저 안에 누가 꼼짝달싹 못 하고 붙들려 있다고 해도 놀랍지 않겠는걸. 이렇게 말이지!"

미이는 무민의 목에 팔을 두르고 꽉 졸랐다.

무민이 팔을 풀어내며 소리쳤다.

"하지 마! 정말이야? 저 안에 누가 있어……?"

미이가 깔보듯 말했다.

"넌 뭐든 너무 진지하게 받아들인다니까."

무민이 소리쳤다.

"아니거든. 누가 붙잡혀 있다면 어떻게 앉아 있을지 상상했을 뿐이라고! 뭐든 다 진짜 같고, 남들 말이 농담인지 진담인지 하나도 모르겠어. 진짜야? 저기 누가 있어?"

미이가 깔깔 웃으며 자리에서 일어났다.

"바보같이 굴지 마. 이따 봐. 난 곶으로 가서 그 멍청한 어부를 지켜봐야겠어. 흥미로운 아저씨거든."

미이가 떠나자 무민은 쿵쾅거리는 가슴으로 덤불에 더 가까이 기어가 안을 노려보았다. 바다에는 파도가 잔잔하게 일었고 무민의 등에는 따뜻한 햇볕이 내리쬐었다.

무민은 화가 나서 생각했다.

'저 안에 아무도 없는 게 당연하지. 미이가 지어낸 이야기야. 미이가 하는 말에 번번이 속아 넘어간다니까. 다음 번에는 내가 "하, 바보같이 굴지 마." 하고 지나가면서 거만하게 던지듯이 한마디 해야지. 이 숲은 위험하다기보다는 겁먹었어. 나무들이 하나같이 뿌리를 들어 올리고 도망치려는 듯이 뒤로 기대고 있잖아. 딱 보면 알지.'

여전히 화가 풀리지 않은 채로 무민은 곧장 덤불 속으로 기어들었다.

햇볕이 사라지자 추워졌다. 나뭇가지가 귀에 생채기를 냈고 썩은 나뭇가지가 발밑에서 부서졌으며 지하실처럼 눅눅했고 죽은 식물 냄새가 코를 찔렀다. 그리고 너무 고요해서 괴괴할 정도였다. 파도 소리도 들리지 않았다. 무민은 누군가의 숨소리를 들었다는 생각이 들자 너무 무서운 나머지 목에서 신물이 올라오고 나뭇가지에 붙들린 느낌이 들어 당장 햇볕이 드는 곳으로 뛰쳐나가고 싶었지만 그래서는 안 된다고 마음을 다잡았다.

'지금 돌아나가 버리면 두 번 다시 들어올 용기를 못 내겠지. 평생 바깥으로 피해 다니면서 이 숲을 볼 때마다 생각하겠지. 난 그럴 용기가 없다고 말이야. 미이가 겁을 줬잖아. 미이한테 가서 당당하게 말해야지. "있지, 그 덤불 안에 아무도 없더라. 내가 확인해 봤어. 이 거짓말쟁이야!" 하고.'

무민은 숨을 크게 내쉰 다음 나무를 헤치고 더 깊이 기어갔다. 부서지는 소리가 가끔 들리는가 싶더니 갈색으로 썩은 나무 한 그루가 갑자기 쓰러졌다. 시든 전나무 잎이 수북이 깔린 바닥은 비단처럼 부드럽고 푹신푹신했다.

덤불 속으로 깊이, 더 깊이 들어가는 동안 무민은 갇혀 있다는 두려움이 사라졌다. 서늘한 어둠 속에 숨어 보호받는 듯한 느낌이 들었고, 무민은 혼자 남고 싶어 숨어든 작은 동물 같았다. 갑자기 다시 파도 소리가 들려왔고, 따사로운 햇볕에 눈이 부셨다. 무민이 덤불 한가운데 나 있는 빈터로 나왔다.

빈터는 침대 두 개를 붙여 놓은 크기만 하게 좁았다. 따뜻하고 꽃 위로는 벌이 윙윙거리고 주위를 덤불이 빙 둘러서서 지키고 있었다. 머리 위로는 자작나무 잎이 흔들리고 있었는데, 하늘을 올려다볼 수 있게 만들어 놓은 푸른 지붕 같았다. 무민이 가장 먼저 발견한 곳이 틀림없었다. 무민보다 먼저 와 본 이는 아무도 없었다. 빈터는 무민의 것이었다.

조심스럽게 풀밭에 앉은 무민은 눈을 감았다. 안전한 은신처를 찾는 일이야말로 무민이 가장 진지하게 생각하는 고민거리였는데, 늘 은신처를 찾아다녔고 여러 곳을 발견하기도 했다. 하지만 이곳만큼 멋진 곳은 없었다. 이곳은 숨겨져 있으면서도 탁 트여 있었다. 오로지 새들만이 무민을 볼 수 있었고, 땅바닥은 따뜻했고 사방에서 무민을 보호해 주고 있었다. 무민은 한숨을 내쉬었다.

그때 뭔가가 무민의 꼬리를 물자, 불에 닿은 듯이 쓰라렸다. 무민은 벌떡 일어서자마자 무엇 때문인지 알아차렸다. 불개미였다. 작고 복수심이 넘치는 두배자루마디개미아과 녀석들이 사방에서 몰려들었고, 이제 다른 녀석이 무민의 발을 물었다. 천천히 뒤로 물러선 무민은 실망스럽고 타는 듯이 아파 눈물이 핑 돌았고 너무 속상했다. 물론 무민보다 먼저 개미들이 이곳에 살고 있기는 했다. 하지만 땅속에 살고 있으면 그 위에 무엇이 있는지 볼 수가 없으니 불개미는 새나 구름이나 그 밖에 무민 같은 이들이 중요하고 아름답다고 생각하는 뭔가를 알 리가 없었다.

정의에는 다양한 종류가 있다. 그 가운데 조금 복잡할 수도 있는 정의에 따르자면, 이 빈터는 불개미의 것이 아니라 틀림없이 무민의 것이었다. 이 점을 불개미들이 이해하기만 하면 될 문제였다. 불개미들은 어디에서든 잘 살아갈 수 있다. 조금만 더 멀리, 몇 미터만 더 가도 될 일이었다. 이 이야기를 개미들에게 설명할 방법이 있을까? 어쩔 수 없는 상황이 되면 선을 긋고 땅을 나눠 쓰기라도 해야 할까?

다시 몰려든 개미들이 무민을 한 곳으로 몰아넣으며 공격해 왔다. 무민은 도망쳐 나왔다. 무민은 창피하게 낙원을 도망쳐 나왔지만 꼭 돌아가겠다고 굳게 마음먹었다. 빈터는 평생 무민만을 기다려 왔을 터였다. 수백 년을 기다렸을지도 모를 일이었다! 빈터를 생각하는 마음이 그 누구보다도 크기 때문에 빈터는 무민의 것이었다. 백만 마리 불개미가 지금 당장 빈터를 사랑하게 된다 하더라도, 무민이 생각하는 마음에는 미치지 못할 터였다. 무민은 그렇게 생각했다.

무민이 말했다.
"저기요, 아빠?"
하지만 바로 그 순간, 힘껏 밀고 있던 바윗덩이가 막 움

직이기 시작해서 무민파파는 아무 소리도 듣지 못했다. 둥근 바윗덩이는 요란한 소리를 내며 절벽 아래로 굴러 떨어지더니 불똥이 두 번이나 튀고 희미한 화약 냄새도 났다. 이제 바윗덩이는 저 아래 무민파파가 생각했던 바로 그 자리에 가라앉았다. 귀 끝에서부터 꼬리까지 온몸을 써서 커다란 바위를 굴리고, 어떻게 굴러가는지 보는 일은 무척 근사했다. 천천히, 천천히 구르던 바위가 조금씩 빨라지다가 바닷물 속으로 풍덩하고 어마어마한 소리를 내며 떨어지는 광경을 지켜보노라면, 힘겨우면서도 자랑스러웠다.

무민이 소리쳤다.

"아빠?"

무민파파가 돌아서서 무민에게 손을 흔들며 소리쳤다.

"그 바위가 저기 있단다! 저게 부잔교이자 방파제가 될 거란다. 알겠지."

바다로 들어간 무민파파는 물속에 고개를 집어넣고 끙끙대며 더 큰 바위를 굴려 올리기 시작했다. 물속에서는 바위 굴리고 들기가 훨씬 쉬웠는데, 무민파파는 무엇 때문인지 궁금했다. 어쨌든 지금은 무척 힘이 세진 느낌이 들었다······.

무민이 소리쳤다.

"뭐 좀 물어보려고요! 불개미 이야기예요! 엄청 중요한 일이에요!"

무민파파는 흠뻑 젖은 얼굴을 들고 귀 기울였다.

무민이 다시 말했다.

"불개미요! 녀석들이랑 대화할 방법이 없을까요? 게시판이라도 하나 세워 놓으면 녀석들이 이해할까요? 그러니까, 개미들이 글을 읽을 줄 알까요?"

무민파파가 깜짝 놀라 말했다.

"불개미들이? 녀석들은 아무것도 모르지. 이제 이 바위 두 개 사이에 끼울 세모난 돌만 하나 찾으면 돼. 방파제란 모름지기 튼튼해야 하니까. 그러려면 바다를 잘 아는 이가 세워야지……."

무민파파는 다시 고개를 물속에 집어넣고 물을 헤치며 걸어갔다.

무민은 바닷가 위쪽으로 올라가 서서 정원을 가꾸고 있는 무민마마를 바라보았다. 무민마마는 바닷말을 널고 있었는데, 손발이며 앞치마가 온통 갈색으로 물들었고 일에 푹 빠져 행복한 표정이었다.

무민이 내려가 말했다.

"엄마, 만약에 누가 무척 아늑하고 아름다운 장소를 찾아서 자기 것으로 하려고 했는데, 벌써 거기에 다른 누군가가 엄청 많이 살고 있고 이사 가려고도 하지 않는다고 쳐요. 그 장소가 얼마나 아름다운지도 이해하지 못하는데 그것들이 거기 계속 살 권리가 있어요?"

무민마마는 바닷말 위에 주저앉으며 말했다.

"충분히 있지."

무민이 소리쳤다.

"하지만 그것들은 어디서든 잘 지낼 텐데요. 하다못해 녹아서 질척질척한 눈 더미에서도요!"

무민마마가 말했다.

"그렇다면 잘 타일러야지. 이사하도록 도와줄 수도 있고. 한곳에 오래 살다 이사하려면 무척 골치 아프거든."

무민이 말했다.

"아. 그런데 미이는 어디 있어요?"

무민마마가 대답했다.

"등대에서 승강기 같은 뭔가를 만들고 있단다."

미이는 아무렇지도 않다는 듯 아슬아슬하게 북쪽 창밖에 매달려 있었다. 나뭇조각을 못으로 창틀에 고정하고 있었다. 마룻바닥에는 정체 모를 오만 가지 잡동사니가 널브러져 있었고, 천장 출입구는 열려 있었다.

무민이 물었다.

"아빠가 아시면 어쩌려고 그래? 저기는 아무도 올라가지 말라고 하셨잖아. 아빠만의 방이라고."

미이가 아무렇지도 않다는 듯 말했다.

"무민파파의 방 위로 다락방이 있어. 잡동사니가 수북이 쌓인 아늑하고 조그만 다락방이지. 그 못이나 줘 봐. 밥 먹을 때마다 계단을 오르내리기 지겨워서 승강기를 만들고 있었어. 앞으로는 내가 바구니에 들어가면 끌어당겨 올리든지, 아니면 음식을 바구니에 담아서 내려보내. 음식을 내려 주는 편이 낫겠군."

무민은 생각했다.

'어쩜 저렇게 제멋대로지? 미이는 늘 하고 싶은 대로 하

는데 아무도 말리질 않아. 그냥 해 버린다니까.'

무민이 말했다.

"그건 그렇고, 그 숲 말인데. 거기에는 아무도 없었어. 단 한 명도. 개미나 조금 있던걸."

미이가 말했다.

"그렇군. 뭐, 그렇겠지."

그 문제는 그렇게 간단하게 없던 일이 되어 버렸다. 미이는 잇새로 휘파람을 불며 커다란 못 하나를 끝까지 박아 넣었다.

"아빠 오시기 전까지 이 난장판 다 치워."

무민이 망치질 소리 사이로 이렇게 소리쳤지만, 미이는 들은 척도 하지 않았다. 울적해진 무민은 낡은 종잇조각, 빈 통, 망가진 그물, 털양말 그리고 바다표범 가죽 조각 같은 잡동사니를 뒤적거리다 벽에 거는 달력을 하나 찾아냈다. 커다란 달력에는 무척 멋진 장면이 그려져 있었다. 달빛 아래에서 해마가 파도를 타고 있었다. 달은 밤바다에 발을 담그고 있었고 해마의 털은 기다랗고 노랬고 눈은 신비롭기 그지없었다.

"어쩌면 이렇게 아름다운 그림을 그렸지!"

무민은 그림을 서랍장 위에 올려놓고 한참 바라보았다.

미이가 마룻바닥으로 뛰어내리며 소리쳤다.

"그건 오 년 전 달력이야. 날짜랑 요일이 하나도 맞질 않잖아. 게다가 누가 오래전에 찢어 놨네. 나 내려갈 테니까 이 끈 잡고 승강기가 잘 작동하나 지켜봐."

무민이 말했다.

"잠깐. 뭐 좀 물어볼게. 불개미를 옮길 방법 없을까?"

미이가 말했다.

"몽땅 없애 버려."

무민이 소리쳤다.

"아니, 아니. 옮길 방법을 물었잖아!"

미이가 무민을 바라보았다. 잠시 뒤, 미이가 말했다.

"아, 숲에서 마음에 드는 장소를 찾았구나. 거기 개미가 가득하고. 내가 해결해 주면 나한테 뭘 줄래?"

무민의 얼굴이 빨개졌다.

미이가 비밀스러운 목소리로 말했다.

"내가 해결해 주지. 며칠 뒤에 가 봐. 그 대신 네가 이 승강기를 작동시키고. 나 이제 간다."

무민은 비참한 기분으로 우두커니 서 있었다. 비밀이 드러나 버렸다. 비밀스러운 장소가 여느 곳과 똑같아졌다. 무민은 달력을 힐끗 보다 해마와 눈이 마주쳤다. 불현듯 무민은 생각했다.

'우리는 비슷한 데가 많아. 아름다움을 느낄 수 있으니까 너도 날 이해하겠지. 난 빈터를 되찾는 일 말고는 아무것도 신경 안 써. 하지만 지금 이 순간만큼은 빈터 생각은 하고 싶지 않아.'

그때, 미이가 아래에서 줄을 잡아당기며 소리쳤다.

"끌어올려! 중간에 줄 놓지 말고. 불개미 잊지 마!"

승강기는 완벽하게 작동했다. 미이는 이미 그럴 줄 알고 있었다.

무민파파는 피곤하면서도 뿌듯한 마음으로 히스 벌판을 지나 집 쪽으로 걸었다. 물론 등댓불을 다시 켜 보아야 한다는 생각이 마음을 짓누르고 있었지만, 날이 어두워질 때까지는 아직 몇 시간쯤 남아 있었다. 게다가 무민파파는 커다란 바위, 아주 거대한 바위까지 굴리지 않았던가. 바위가 바닷속으로 굴러 떨어질 때마다 무민마마는 서둘러 정원을 가꾸다 말고 고개를 들어 무민파파를 바라보곤 했다. 무민파파는 동쪽 곶 너머에서 잠깐 숨을 돌리기로 했다.

바람 한 점 없이 잔잔한 바다에서 뱃머리에 낚싯대를 드리운 어부가 노를 반대로 저으며 천천히 지나갔다. 무민파파는 한 해가 저물어 가는 이렇게 늦은 때에 입질이 있다는 말은 들어 본 적이 없었다. 낚시는 7월에 해야 했다. 하지만 그는 여느 어부와는 달랐다. 혼자 보내는 시간이 좋을 뿐일지도 몰랐다. 무민파파는 손을 흔들며 인사를 건네려다 말았다. 어부가 회답할 리 없었다.

무민파파는 바위를 기어올라 바람을 맞으며 걷기 시작했다. 그곳 암벽 더미는 바다 쪽으로 나란히 걸어가는 거대한 동물들의 등뼈처럼 보였다. 걷다 보니 무민파파의 눈앞에 석호가 불쑥 나타났다. 새까맣고 잔잔한 수면에 달걀처럼 둥근 석호였다. 마치 거대한 눈동자 같았다. 무민파파는 매력적인 그 모습에 빠져들었다. 새까만 눈 같은 진짜 호수라니, 세상 가장 비밀스러운 호수였다! 가끔 바다에서 잔파도가 밀려들었다. 문턱을 넘듯 슬그머니 밀려든 파도는 거울 같은 수면에 잠깐 잔물결을 일으켰지만,

호수는 금세 다시 잔잔해져서 새까만 눈으로 빛나는 하늘을 바라보았다.

무민파파는 생각했다.

'깊어 보이는군. 아, 틀림없이 무척 깊겠지. 없는 게 없고 크기도 딱 적당하다니, 내 섬은 완벽해. 아니, 이렇게 행복할 수가. 온 세상을 내 발아래 둔 기분이로군!'

무민파파는 서둘러 등대로 돌아갔는데, 누가 또 발견하기 전에 먼저 새까만 석호를 가족들에게 소개하고 싶었다.

무민마마가 말했다.

"빗물이 아니라니 너무 아쉽네요."

무민파파는 발을 굴렀다.

"아니, 그게 아니죠. 이걸 바다가 만들었다니까요! 섬을 덮친 거대한 폭풍이 여기 이 바닥에 있던 바위를 굴려서 밀어내고 또 밀어낸 끝에 이렇게 깊어졌다고요!"

무민이 의견을 내놓았다.

"혹시 물고기도 살까요?"

무민파파가 말했다.

"그럴 가능성이 크지. 물고기가 산다면 아마 엄청나게 큰 녀석들이겠지. 수백 년 동안 저기 살면서 점점 커지고 난폭해진 거대한 강꼬치고기를 상상해 보렴!"

깜짝 놀란 미이가 말했다.

"그거 흥미롭네요. 낚싯줄이라도 던지고 기다려 봐야겠어요."

무민파파가 단호하게 말했다.

"꼬맹이들은 낚싯대 가지고 장난치면 못써. 새까만 석호는 아빠들을 위한 곳이야. 너무 가까이 오면 안 돼! 너희도 보면 알겠지만, 여긴 위험천만하단다. 아주 세심하게 조사해 봐야겠구나. 하지만 당장은 아냐. 지금은 방파제에도 신경 써야 하고 장어랑 강꼬치고기를 훈제할 화덕도 만들어야 해. 비가 오기 전에 그물 꼬챙이를 꽂아서 그물도 쳐야 하고……."

무민마마가 끼어들었다.

"지붕에 빗물받이 할 뭔가도 달아야 해요. 며칠 뒤면 마실 물이 바닥나겠어요."

무민파파가 말했다.

"마음 놓고 있어요. 다 할 테니까요. 내가 다 해결할 테니 조금만 기다려요."

등대로 돌아가는 내내 무민파파는 거대한 강꼬치고기 이야기만 늘어놓았다. 바람은 히스 벌판을 부드럽게 어루만지며 지나갔고, 저무는 태양이 섬을 온통 따뜻한 황금빛으로 물들였다. 하지만 뒤에 남겨진 새까만 석호에는 바위 그림자가 짙게 드리워졌다.

무민마마는 미이가 어질러 놓은 방을 치우고 천장 출입문을 닫아 놓았다. 무민파파는 방 안으로 들어가자마자 달력을 발견했다.

무민파파가 말했다.

"나한테 꼭 필요한 물건이로군. 어디에서 찾았니? 이 섬에도 뭔가 규칙이 필요한데, 그러려면 날짜 정도는 알아야지. 오늘이 화요일인 줄은 알지."

무민파파는 펜을 집어 들고 맨 꼭대기 가장자리에 커다란 동그라미를 그렸다. 도착한 날이었다. 그런 다음, 월요일과 화요일에 작은 가위표 두 개를 그려 넣었다.

무민이 물었다.

"해마를 본 적 있으세요? 이 그림만큼 아름다울까요?"

무민마마가 말했다.

"그럴지도 모르지. 잘은 모르겠구나. 하지만 그림을 그릴 때는 과장해서 표현하곤 한다더구나."

무민은 생각에 잠겨 고개를 끄덕였다. 작은 해마가 은으로 된 편자를 발에 달고 있는지 아닌지 확인할 수 없어 안타까웠다.

이제 방 안이 노란 노을빛으로 가득 찼고, 조금 더 지나면 붉은빛으로 물들 터였다. 무민파파는 방 한가운데에 서서 생각에 잠겨 있었다. 저녁이 다가오는 바로 이때, 무민파파는 등댓불을 밝히러 올라가야 했다. 하지만 무민파파가 사다리를 타고 올라가면 가족들 모두 무민파파가 무엇을 하러 가는지 알게 될 터였다. 그리고 무민파파가 다시 내려오면 등댓불을 켜지 못했다는 사실을 모두 알아차리게 되리라. 가족들은 왜 땅거미가 질 때까지 밖에서 시간을 보내면서 무민파파 혼자 해 볼 수 있게 내버려두지 않을까? 무민파파는 가족들과 함께 살기가 마냥 좋지만은 않았다. 가족들은 무엇이 중요한지 도무지 이해하질 못했다. 그런데도 이제껏 오랜 시간을 함께해 왔다.

무민파파는 언짢을 때마다 늘 하던 대로, 방을 등진 채 창밖을 바라보았다.

창틀에는 그물 꼬챙이가 놓여 있었다. 당연한 일이었다. 그동안 무민파파는 그물에 전혀 신경 쓰지 않았다. 그물

치는 일은 중요한, 그것도 무척 중요한 일이었다. 마음이 홀가분해진 무민파파가 돌아서서 말했다.

"오늘 저녁에는 그물을 칩시다. 땅거미가 지기 전에 해야 하는 법이죠. 말이야 바른 말이지, 이제 우리가 섬에 살고 있으니 저녁마다 그물을 쳤어야 했어요."

무민과 무민파파는 그물을 챙겨 노를 저어 바다로 나갔다.

무민파파가 말했다.

"동쪽 곶에서부터 빙 둘러 치자꾸나. 서쪽 곶에는 어부가 있단다. 어부 코앞에서 고기를 낚을 수는 없으니까. 그럴 수는 없지. 아빠가 바닥을 살펴볼 동안 넌 천천히 노를 저으렴."

경사가 완만하게 굽어 들어가는 모랫바닥은 넓고 웅장한 계단처럼 층을 이루며 조금씩 깊어졌다. 무민은 바닷말이 무성하게 자라 물빛이 점점 더 어두워지는 곳 쪽으로 노를 저었다.

무민파파가 소리쳤다.

"멈춰! 조금만 뒤로 물러나렴. 여기 이쪽 바닥이 좋구나. 저기 저 튀어나온 바위 바깥쪽으로 비스듬하게 가자. 천천히."

무민파파는 하얀 깃발이 달린 부표를 던진 다음, 바닷

속에 그물을 넣었다. 이제 그물은 멀리 미끄러져 나갔고, 그물코마다 반짝이는 물방울이 맺혔으며, 진주 목걸이 같은 코르크들은 수면 위를 잠깐 맴돌다가 물속으로 가라앉았다. 그물을 치는 일은 남자답고도 차분하며 흡족한 작업이었다. 가족들을 위해 큰일을 한 기분이 들곤 했다.

그물 세 개를 모두 던진 뒤, 무민파파는 그물 꼬챙이에 침을 세 번 뱉고 나서 그물을 따라 물에 담갔다. 그물 꼬챙이가 꼬리를 물 위로 추켜올렸다가 그대로 물속으로 사라졌다. 무민파파는 뱃고물에 앉았다.

평온한 저녁, 이제 빛깔은 점점 옅어지며 땅거미 속으로 사라지고, 덤불 가운데 하늘 쪽만 붉은 기운이 남았다. 무민과 무민파파는 배를 뭍으로 올려놓고 아무 말 없이 정겹게 섬을 가로질러 집을 향해 걸었다.

사시나무 숲에 이르렀을 때, 바다 쪽에서 조그맣게 불평하는 소리가 들려왔다. 무민이 걸음을 멈추었다.

무민파파가 말했다.

"어제도 들었던 소리란다. 새소리겠지."

바다 쪽을 내다본 무민이 말했다.

"저기 저 바위섬 위에 뭔가 있어요."

무민파파가 걸음을 옮기며 말했다.

"그건 항로 표지란다."

무민은 생각했다.

'오늘 아침만 해도 항로 표지 같은 건 없었는데.'

그곳에는 아무 움직임도 없었다. 무민은 그 자리에 가만히 서서 기다렸다. 이제 그 뭔가가 움직였다. 천천히, 무척 천천히 바위섬을 오르더니 사라져 버렸다. 어부는 작고 비쩍 말랐으니, 그게 어부일 리는 없었다. 다른 무언가였다.

무민은 서둘러 집으로 갔다. 그게 무엇인지 확실히 알게 되기 전까지는 아무 말도 하지 않기로 했다. 하지만 한편으로는 밤마다 누가 그 자리에 앉아 우는지 절대 알고 싶지 않기도 했다.

한밤중에 잠에서 깬 무민은 오래도록 누운 채 꼼짝도 하지 않고 귀를 쫑긋 세우고 있었다. 누가 무민을 불렀다. 하지만 무민은 정말 소리를 들었는지, 혹시 꿈은 아닌지 알 수가 없었다. 밤은 저녁때처럼 평온했고, 점점 차오르는 달이 바로 위에 떠 있어서 섬은 푸르스름하면서도 하얀 빛으로 가득 차 있었다.

무민은 아빠 엄마가 깨지 않도록 가만히 일어나 창가로 가서 창문을 열고 밖을 내다보았다. 이제 바닷가에서부터 파도 소리가 들려왔고, 저 멀리 새 한 마리와 어둡고 텅 빈 바다를 헤엄치는 작은 바위섬들이 보였다. 섬도 편히 쉬고 있었다.

아니었다. 저 아래 바닷가 모래밭에서 무슨 일이 벌어졌다. 재빨리 내닫는 발소리, 첨벙거리는 물소리가 났다. 무슨 일이 벌어지고 있었다. 무민은 덜컥 겁이 나서 온몸이 뻣뻣해졌다. 이 일은 다른 누구도 아닌 무민만의 일이 틀림없었다. 그곳에 가야 했다. 그래야 한다는 생각에 휩싸였다. 중요한 일이라고, 밖으로 나와 한밤중 모래밭에 무슨 일이 일어났는지 보라고 불렀으니 겁먹을 필요가 없었다.

문가에서 무민은 계단을 내려갈 생각에 잠깐 망설였다. 낮에는 그 나선형 계단을 생각할 틈도 없이 달려 내려갔지만, 밤에 내려갈 생각을 하니 끔찍했다. 무민은 다시 방으로 돌아가 식탁 위에 놓인 남포등을 집어 들었다. 벽난로 위쪽 선반에서 성냥도 찾았다.

이제 무민의 등 뒤에서 문이 닫혔고, 탑은 숨 막힐 만큼 깊은 우물처럼 아래로 뻥 뚫려 있었다. 내려다보지 않아도 알 수 있었다. 깜박거리며 쉿쉿 소리를 내던 남포등 불빛이 이제 차분히 타올랐다. 등을 내려놓은 무민은 용기 내

어 아래를 내려다보았다.

 무민이 등을 들어 올리자 불빛에 잔뜩 겁먹은 그림자들이 펄럭거리며 일어나 사방에서 너울거렸다. 수많은 그림자가 갖가지 환상적인 모습으로 텅 빈 등대 안을 펄럭이며 너울대는 광경은 무척 아름다웠다. 어둠뿐인 아래로, 아래로, 아래로, 아래로 빙글빙글 돌며 금방이라도 부서져 내릴 듯 이어지는 잿빛 계단은 선사 시대 동물의 해골 같아 보였다. 그림자들은 무민이 한 계단 한 계단 내려갈 때마다 날아올라 벽에서 무민을 위해 춤을 추었다. 겁먹기에는 너무도 아름다운 광경이었다.

 그렇게 무민은 남포등을 손에 꼭 쥐고 한 걸음 한 걸음 내려가 질척거리는 등대 바닥에 닿았다. 문은 늘 그렇듯 묵직했고 요란한 소리도 났다. 차갑고 비현실적인 달빛에 잠긴 섬이 등대 바깥으로 나온 무민을 맞아 주었다.

 무민은 생각했다.

 '삶이란 정말 흥미로워. 아무 이유도 없이 모든 게 정반대로 바뀔 수 있다니. 등대 계단이 근사해지고, 이제 빈터 생각은 하고 싶지도 않아졌어. 그냥 그렇게 돼 버렸어. 어쩌다 이렇게 됐는지는 모르겠지만.'

 무민은 숨 돌릴 틈도 없이 바위산을 내려가 히스 벌판을 거쳐 자그마한 사시나무 숲을 지났다. 바람 한 점 불지 않아 사시나무들은 잠잠했다. 무민은 발걸음을 늦추며 귀를 기울였다. 모래밭은 고요하기 그지없었다.

무민은 남포등 불을 후 불어 끄며 생각했다.

'나 때문에 겁먹었나. 한밤중에야 나와 보는 동물이라면 틀림없이 수줍음이 많겠지. 섬도 밤에는 겁먹는구나.'

불빛이 사라지자마자 섬이 더 가까이 다가들었다. 무민은 이쪽 곶에서 저쪽 곶까지, 달빛 아래 꼼짝도 않고 있는 섬이 무척 친근하게 느껴졌다. 무민은 전혀 겁먹지 않고 그저 조용히 귀를 기울였다. 그러자 다시 발걸음 소리가 들려왔는데, 누군가가 모래밭을 내달리고 덤불 뒤에서 왔다 갔다 하더니 물속에 뛰어들었는지 찰박거리는 소리와 함께 하얀 물거품이 일었다······.

그들이 저쪽에 있었다. 해마들, 무민의 해마들이었다. 이제 모든 일이 뚜렷하게 드러났다. 무민이 모래밭에서 발견했던 은으로 된 편자, 커다란 파도가 밀려드는 바다에 달이 발을 담근 그림이 그려진 달력, 잠결에 들었던 무민을 부르는 소리까지. 무민은 덤불에 서서 해마들이 춤추는 모습을 지켜보았다.

해마들은 머리를 꼿꼿이 들고 갈기를 휘날리며 모래밭을 이리저리 뛰어다니고 있었고, 윤기 나는 기다란 꼬리가 출렁거리며 뒤따랐다. 말로 표현할 수 없을 만큼 아름

답고 날랬는데, 스스로도 그렇다는 사실을 잘 아는 듯 서로에게, 자기 자신에게, 섬과 바다를 향해 아무 거리낌 없이 뽐내고 있었다. 이따금 해마들이 바닷속으로 뛰어들면 물줄기가 높이 치솟아 달빛 아래에 무지개를 만들어 내곤 했다. 그러면 해마들은 다시 그 무지개 아래를 내달린 다음, 매혹적인 눈빛을 보내며 목덜미부터 꼬리 끝까지 몸매가 돋보이도록 고개를 숙였다. 거울을 앞에 두고 춤을 추는 듯했다.

이제 해마들은 멈추어 서서 서로 몸을 닦아 주고 있었지만, 그러면서도 머릿속으로는 자기 생각뿐이었다. 둘 다 부드럽고 따뜻하며, 물에도 젖지 않는 잿빛 벨벳 같은 옷을 입고 있었다. 그 옷에는 꽃무늬까지 수놓아진 듯했다.

둘을 지켜보는 무민의 마음속에서 자연스레 재미있는

일이 벌어졌는데, 갑자기 자신도 아름답고, 날래고, 장난기 넘치며 멋지게 느껴졌다. 무민은 모래밭으로 냅다 뛰어 내려가며 소리쳤다.

"달빛이 너무 예뻐! 날도 따뜻하고! 날아갈 것 같아!"

해마들은 뒤로 주춤 물러났다가 앞발을 높이 쳐들더니 내달렸다. 두 눈을 크게 뜬 채 갈기를 물결처럼 휘날리며 요란한 발굽 소리를 내면서 무민을 지나쳤지만, 모두 장난이었다. 해마들이 놀란 척하면서도 즐기고 있다는 사실을 무민도 알고는 있었지만 손뼉을 쳐 주어야 할지, 진정시켜야 할지 알 수가 없었다. 해마들이 무민 앞을 지나쳐 바다로 뛰어드는 순간, 다시 작고 통통하고 볼품없는 모습으로 돌아온 무민이 소리쳤다.

"너희 정말 아름다워! 정말 너무 아름답다고! 날 두고 가지 마!"

물보라가 높이 솟구치더니 마지막 무지개가 사라지고 바닷가는 텅 비어 버렸다.

무민은 모래밭에 앉아 기다렸다. 해마들이 다시 돌아올지 모른다고 생각했다. 참고 기다리기만 하면 반드시 돌아오리라.

밤은 점점 더 깊어지고 달은 기울었다.

바닷가에 불을 밝히면 해마들이 불빛에 이끌려 돌아와

놀지도 몰랐다. 무민은 남포등에 불을 붙였다. 등을 앞에 둔 채 무민은 모래밭에 꼼짝 않고 앉아 새까만 어둠을 바라보고 있었다. 잠시 뒤, 자리에서 일어나 남포등을 들고 앞뒤로 천천히 흔들기 시작했다. 해마들에게 보내는 신호였다. 남포등을 앞으로 뒤로 그네처럼 흔들면서 친근하고 마음을 차분히 가라앉힐 만한 일을 생각하려고 애썼고, 무민의 참을성은 바다보다도 넓었다.

아침이 가까워 오자 바닷가가 쌀쌀해졌다. 찬 기운이 바다에서부터 몰려왔고, 이제 발이 시렸다. 무민은 몸을 부르르 떨면서 고개를 들었다.

그 순간, 바로 앞 물속에 앉아 있는 그로크를 보았다.

그로크의 눈길은 남포등이 움직이는 대로 따라가고 있었지만 자리에서 꼼짝도 하지 않았다. 무민은 그로크가 더는 가까이 다가오지 않을 줄은 알고 있었다. 하지만 그로크와 얽히고 싶지 않았다. 찬 기운을 내뿜으며 옴짝달싹 않고 있는 그로크에게서 도망치고 싶었고, 그로크의 끔찍하리만치 깊은 외로움에서도 멀리 피하고 싶었다. 하지만 무민은 달아나지 못했다. 어쩐지 달아날 수가 없었다.

무민은 그대로 서서 남포등을 천천히 천천히 흔들었다. 둘 다 자리를 떠나지 않았고, 하염없이 시간이 흘렀다. 마침내 무민이 조심스럽게 뒷걸음질을 치기 시작했다. 그로크는 자신이 만든 얼음 섬에 그대로 있었다. 무민은 그로크에게서 눈길을 돌리지 않은 채 모래밭을 지나 오리나무 숲으로 갔다. 그리고 등불을 껐다.

달은 섬 뒤로 넘어갔고 주위가 어둠에 잠겼다. 그림자 하나가 바다 저쪽 바위섬으로 펄럭이며 지나간 듯했지만, 확실하지는 않았다.

등대로 돌아온 무민은 온갖 생각으로 머리가 무거웠다. 이제 바다는 고요하기 그지없었지만 사시나무 숲에서는 겁에 질린 나뭇잎들이 바스락거리고 있었다. 덤불숲에서 석유 냄새가 짙게 풍겨왔다. 이 밤과도, 이 섬과도 전혀 어울리지 않는 냄새였다.

무민은 혼잣말을 했다.

"내일 생각할래. 지금은 머릿속이 꽉 차서 안 되겠어."

제11장

북동풍

동이 트기 바로 전부터 동쪽에서 사납고 강한 바람이 불어왔다. 가족들이 일어난 8시쯤에는 동풍이 비바람을 몰고 와 등대를 요란하게 두드렸다.

무민마마가 말했다.

"이제 마실 물을 구할 수 있겠네. 통을 찾아 헹궈 놔서 얼마나 다행인지."

무민마마는 벽난로에 장작을 넣고 불을 붙였다.

무민은 아무 말도 하고 싶지 않아 침대에 그대로 누워 있었다. 천장 한가운데에 작고 동그란 물방울이 맺힌 모습이 보였다. 물방울은 점점 더 무거워졌다. 물방울이 식탁에 떨어지자 천장에 또 물방울이 맺혔다.

미이가 문틈으로 살그머니 들어와 묶은 머리에서 물기를 짜냈다.

"오늘은 승강기를 쓸 날씨가 아니네요. 바람이 제대로 부는데요."

탑에 불어들어 휘몰아치는 바람 소리와 문이 쾅 닫히는 소리가 들려왔다.

미이가 물었다.

"커피 마실 준비는 다 됐어요? 날씨가 궂으면 배가 고프더라고요. 새까만 석호는 바닷물로 가득 차고 멍청이 어부가 사는 곳은 섬이 됐어요! 바람에 쓰러진 어부 아저씨는 뒤집힌 배 안에서 빗방울을 세고 있더라고요."

무민파파가 침대를 박차고 나오면서 말했다.

"그물. 바다에 우리 그물이 있는데."

무민파파는 창밖을 살펴보았지만 바닷가가 제대로 보이지 않았다. 동풍은 곶을 정면으로 강타했고, 파도가 배를 때리는 상황에서 그물을 걷어 올리기도 쉽지 않을 터였다. 게다가 비도 오고 있었다. 무민파파가 결정했다.

"그물은 놔둡시다. 물고기가 더 많이 잡힐지도 몰라요. 커피를 마신 다음에 위로 올라가서 이 바람을 연구해 봐

야겠어요. 모르긴 몰라도 저녁때쯤이면 잠잠해지겠지요."

등대 위도 바람이 거세기는 마찬가지였다. 무민파파는 가만히 서서 등댓불을 지켜보다 괜스레 나사를 하나 풀었다가 죄고, 갓을 열었다가 닫았다. 아무 의미도 없는 짓이었고, 여전히 어떻게 해야 할지 알 수가 없었다. 이런 등대에 설명서도 하나 없다니 말도 안 되는 일이었다. 용서할 수가 없었다.

무민파파는 가스통에 걸터앉아 벽에 등을 기댔다. 머리 위로는 빗줄기가 유리창을 때리고 있었는데, 속삭이는 듯하다가도 바람이 거세지면 마구 부딪치며 요란한 소리를 냈다. 초록 색유리는 깨져 있었다. 바닥에는 작은 호수가 천천히 생겨나고 있었다. 무민파파는 그 광경을 멀뚱히 바라보다가 길고 구불구불한 물길을 내어 삼각형을 만들었다. 자연스레 눈길이 닿은 벽에는 누가 연필로 써 놓은 시 구절 같은 뭔가가 있었다. 무민파파가 다가가 읽어 보았다.

바다는 정말로 텅 비었네
그 위로는 달이 떠 있네
그곳에는 조각배 한 척 없네
4년이라는 긴 세월 동안

무민파파는 생각했다.

'등대지기가 썼겠지. 힘겨웠던 날 지은 자작시로군. 배라곤 단 한 척도 지나가지 않는데 불을 밝히려면……'

더 위쪽으로는 기분이 좀 나았을 때 쓴 글이 있었다.

"동쪽에서 불어오는 바람과 사랑싸움은 늘 홀딱 젖어야 끝이 나지."

무민파파는 벽을 더듬으며 등대지기의 고민거리를 찾기 시작했다. 대부분 바람의 세기를 기록해 놓았는데, 가장 강력한 폭풍은 보퍼트 풍력 계급이 10이나 되었다. 다른 쪽에는 시 구절을 적었다가 빗금을 좍좍 그어 지운 흔적도 많았다. 새 이야기를 적어 놓은 몇몇 부분만 알아볼 수 있었다.

무민파파는 생각했다.

'등대지기가 어떤 이인지 알아봐야겠군. 날이 개는 대로 어부를 찾아가야지. 둘이 한 섬에 살았으니 서로 잘 알았겠지. 이제 문을 닫아걸고 올라오지 말아야겠어. 우울해지기만 하니.'

무민파파가 사다리를 타고 내려와 말했다.

"바람이 슬슬 북동풍으로 바뀌는군요. 곧 잠잠해지겠어요. 그리고 생각해 봤는데, 언제 어부를 초대해서 커피 한 잔 대접해야겠어요."

미이가 말했다.

"커피 안 마실걸요. 바닷말이랑 날 생선만 먹을지도 몰라요. 고래처럼 앞니로 플랑크톤을 걸러 먹거나."

무민마마가 소리쳤다.

"그게 무슨 말이니? 괴상한 맛일 텐데!"

미이가 한 번 더 말했다.

"바닷말만 먹을지도 모른다고요. 딱 그렇게 생겼잖아요. 진짜로 그래도 하나도 놀랍지 않다고요."

그러더니 칭찬을 덧붙였다.

"자립심도 강하고 누구한테 뭘 묻는 법도 없어요."

무민파파가 물었다.

"말 한마디 없더냐?"

미이가 말했다.

"한마디도요."

그러더니 벽난로 위로 올라가 따뜻한 벽에 기대어 몸을 웅크리고 비를 피해 잠을 청했다.

무민마마가 기운 없는 목소리로 말했다.

"어쨌거나 어부는 우리 이웃이에요. 그러니까 제 말은, 누구에게든 이웃은 늘 있어야 하는 법이라고요."

작게 한숨을 내쉰 무민마마가 덧붙였다.

"비가 들이치나 봐요."

무민파파가 말했다.

"고쳐 놓을게요. 나중에. 시간 날 때요."

하지만 속으로는 다른 생각을 하고 있었다.

'곧 날이 갤 텐데. 위로 올라가고 싶지 않군. 벽에서 온통 등대지기의 기운밖에 느껴지질 않으니……'

비 내리던 기나긴 하루가 다 가고 저녁이 되어 바람이 잦아들자 무민파파는 그물을 걷기로 했다.

무민파파는 무척 흡족하다는 듯이 말했다.

"바다를 잘 알아서 얼마나 다행인지 알겠죠? 차 마실 시간까지 돌아오리다. 가장 큰 놈만 가져올게요. 나머지는 풀어 주고."

섬은 거센 빗줄기에 흠뻑 젖어 생기를 잃고 제 빛깔마저 잃었다. 수위도 무척 높아져서 모래밭이 거의 잠겼고, 뒤집어 수레에 얹어 놓았던 배는 고물이 반쯤 잠긴 채 파도가 칠 때마다 이리저리 뒹굴고 있었다.

무민파파가 말했다.

"배를 오리나무 숲까지 끌어올려야겠구나. 가을이 오면 바다가 어떻게 변하는지 잘 봐 두렴. 내가 그물 치는 일을 내일로 미루었더라면 배도 잃었겠지! 바다는 조심하고 또 조심해야 한다. 알겠지! 그나저나 어째서……"

무민파파가 심각한 목소리로 덧붙였다.

"어째서 바닷물은 수위가 높아졌다 낮아졌다 할까. 틀림없이 무슨 이유가 있을 텐데……."

무민은 달라진 바닷가를 둘러보았다. 잔뜩 부어올라 화나고 지친 듯한 바다가 바닷말을 산더미처럼 쌓아 놓았다. 더는 해마들을 위한 바닷가가 아니었다. 해마들이 모래밭을 가장 신경 쓴다면 이곳으로는 두 번 다시 오고 싶어 하지 않을 터였다. 그로크 때문에 겁먹고 떠나 버리기라도 하면……. 무민은 슬쩍 바다 저쪽 바위섬을 돌아보았지만, 안개비에 가려져 있었다.

무민파파가 소리쳤다.

"노 젓는 데 집중해야지! 부표를 잘 보고 물결을 지켜보지 않으면 배가 뭍으로 올라간다고!"

무민은 두 손으로 왼쪽 노를 부여잡고 있는 힘껏 당겼지만 모험호는 높이 솟아올랐다가 파도에 가로막혀 제자리를 맴돌기만 했다.

뱃고물에 앉은 무민파파가 소리 질렀다.

"바깥, 바깥쪽으로! 돌아! 아니, 반대로. 뒤로, 뒤로!"

뱃고물에 엎드린 무민파파는 부표를 잡으려고 애썼다.

"아니, 아니, 아니, 아니야. 이쪽으로! 내 말은 저쪽으로. 됐다. 잡았어. 이제 곧장 바깥쪽으로 노를 저어!"

무민파파가 그물의 위쪽 가장자리를 끌어당기기 시작했다. 빗줄기가 쉴 새 없이 귀를 때렸고 그물은 끔찍하리만치 무거웠다.

무민파파는 머릿속이 뒤죽박죽이 되어 생각했다.

'이렇게 많은 물고기는 절대로 다 못 먹지. 삶이란 참! 아무튼 가족이 있으면 챙겨 줘야지……'

무민은 엎드렸다가 드러누우며 온몸으로 정신없이 노를 젓다가 그물에 걸려 올라오는 시커먼 뭔가를 보았는데, 바로 바닷말이었다! 바닷말과 노란 해초를 엮어 만든 두툼한 담요 같은 그물이 끝도 없이 이어지고 있었다.

무민파파는 아무 말도 하지 않았다. 그물을 차곡차곡 끌어올리려다 포기하고, 그 대신 뱃전에 기대 엎드려 두 팔로 어떻게든 들어 올려 보려고 애썼다. 두꺼운 양모 같은 바닷말이 한 아름씩 쌓여 갔지만, 물고기는 한 마리도 없었다. 그물 세 개가 모두 마찬가지였고, 심지어 그물 꼬챙이에도 바닷말이 둘둘 말려 있었다. 무민은 배가 바닷가 모래밭 쪽으로 가게 방향을 돌린 다음, 노를 젓지 않고 오른쪽 노를 두 손으로 붙들고 버텼다. 그러자 눈 깜짝할 사이에 모험호의 뱃머리가 뭍에 닿았고, 바로 다음 순간에 밀려든 파도에 빙글 돌더니 뒤집혀 버렸다. 그제야 무민파파는 정신이 번쩍 들었다.

무민파파가 소리를 내질렀다.

"얼른 들어가서 뱃머리를 끌어당겨! 끌어당겨서 꽉 붙들고 있으라고!"

무민은 물이 배까지 차오르는 바닷속에서 모험호를 묶은 줄을 붙들었는데, 모험호는 야생마처럼 날뛰었고 무민의 키보다도 높은 파도가 자꾸 밀려들었다. 바닷물은 시릴 정도로 차디찼다. 무민파파는 뱃고물에서 뒷걸음질을 치며 배를 뭍으로 끌어올린 다음, 기진맥진해서 모자를 눈 위까지 눌러썼다. 노는 모래밭에 그물과 무민파파의 다리와 한데 뒤엉켜 나뒹굴었고 이보다 더 나쁜 상황은 없을 정도였다. 끝내 모험호를 수레에 올려놓자, 장대비가 장막처럼 다시 바다를 뒤덮었고 주위 풍경은 어둠에 잠겨 흐려졌으며 저녁이 오고 있었다.

무민이 무민파파를 바라보며 조심스레 말했다.
"다 잘됐어요."
무민파파가 못 미덥다는 듯이 말했다.
"정말 그렇게 생각하니?"
무민파파는 그물과 바닷말이 뒤엉킨 거대한 무더기를 보며 무민이 말이 옳다고 생각했다. 무민파파가 말했다.
"그래. 바다와 한판 겨뤘구나. 외딴섬에서는 이런 일도 일어나는 법이지!"

어마어마한 사투 이야기를 모두 들은 미이가 샌드위치를 내려놓더니 입을 열었다.
"저기요. 재미 좀 보시겠네요. 앞으로 사나흘은. 그 노란 해초가 마르면 딱 달라붙을 테니까요. 그물을 한나절만 내버려둬도 말이죠."

흥분한 무민파파가 소리쳤다.

"아니, 세상에! 이를 어째!"

무민마마가 급히 말했다.

"아직 시간은 있어요. 날씨만 좋으면 바닷말 떼기도 재미있을지 몰라요······."

미이가 의견을 내놓았다.

"어부라면 몽땅 먹어치울 수 있지 않을까요? 바닷말을 좋아하니까요. 하!"

무민파파는 다시 기운이 빠졌다. 등댓불 때문에 비참해진 마음이 채 가시지도 않았는데 이번에는 바닷말이라니, 불공평했다. 아무리 일을 하고 또 해도 그저 그렇거나 제대로 되는 법이 없었다. 예전에는 이렇지 않았는데······. 생각에 잠긴 무민파파는 설탕이 이미 한참 전에 녹아 버린 차를 스푼으로 젓고 또 저었다. 식탁 한가운데에는 자그마한 냄비가 하나 놓여 있었다. 천장에서 물방울이 한참 고민하다가 냄비 바닥에 탱 소리를 내며 떨어지곤 했다. 무민은 멍하니 앉아 달력을 바라보며 꼬리로 매듭을 짓고 있었다.

무민마마가 부드러운 목소리로 말했다.

"이제 불을 켜요! 오늘 밤에는 바람이 많이 부니까 창문에 매달아 놓자고요."

무민이 소리쳤다.

"아뇨, 안 돼요. 창문에는 안 된다고요! 엄마, 창문에는 안 돼요!"

무민마마는 한숨을 내쉬었다. 걱정했던 대로였다. 소풍을 나갔다가 억수같이 쏟아지는 비를 만나기라도 한 듯 가족들이 하나같이 이상해졌다. 물론 비가 많이 오기는 했다. 무민 골짜기에 있을 때는 집 안에서도 할 수 있는 일이 많았지만 이곳은……. 무민마마는 서랍장에 다가가 맨 위 서랍을 열었다.

무민마마가 말했다.

"오늘 아침에 서랍을 살펴봤어요. 뭐가 많이 들어 있지도 않더라고요. 그런데 뭘 찾았는지 알아요? 퍼즐이에요. 못해도 천 조각은 되겠는데 다 맞추기 전까지는 어떤 그림일지 아무도 몰라요. 재미있겠죠?"

무민마마가 식탁에 놓인 찻잔 사이로 퍼즐 조각을 쏟아붓자, 퍼즐 조각이 산더미처럼 수북이 쌓였다. 가족들은 마뜩찮은 표정으로 퍼즐 조각을 바라보았다.

무민이 조각 하나를 뒤집어 보니 새까맣기만 했다.

그로크처럼 새까맸다. 아니면 덤불숲에 진 그늘처럼. 그도 아니면 해마의 눈동자처럼. 혹은 백만 가지 다른 무엇처럼. 까만 조각은 무엇이든 될 수 있었다. 그리고 퍼즐을 다 맞추기 전에는 그 조각이 무엇인지 아무도 알 수 없을 터였다.

그날 밤, 그로크는 바닷가에서 노래를 불렀다. 등불을 들고 바닷가로 내려오는 이는 없었다. 그로크는 기다리고 또 기다렸지만 아무도 오지 않았다.

처음에는 작게 속삭이며 외로움을 노래하던 그로크의 목소리는 점점 더 커졌다. 외로움뿐만 아니라 이제는 반항심까지 담겨 있었다.

"나 말고 다른 그로크는 없어. 나는 세상에 단 하나뿐이야. 나는 세상에서 가장 차갑지. 나는 절대로 따뜻해지지 않아."

얼굴을 베개에 묻은 채 무민파파가 중얼거렸다.

"바다표범들이로군."

무민은 이불을 끌어올려 귀 끝까지 덮었다. 그로크가 등불을 기다리는 줄은 알고 있었다. 하지만 무민은 눈곱만큼도 미안하지 않았다. 그로크가 고래고래 소리 지르며 울어도 신경 쓰이지 않았다. 털끝만큼도. 게다가 석유를 어마어마하게 많이 썼다고 무민마마가 말하기도 했다. 몇 리터밖에 남지 않았다. 그러니 어쩔 수 없었다.

몇 날 며칠 끈질기게 분 동풍 탓에 수위는 계속 높아졌고, 파도는 계속 나른하게 으르렁거리며 섬 주위를 휩쓸었다. 이제 어부의 곶은 완전히 고립되어 버렸지만, 미이는 어부가 혼자 남게 되어 좋아했다고 말했다. 비가 그치자, 가족들은 배를 묶어 둔 바닷가로 내려갔다.

무민마마는 소리 지르며 기뻐했다.

"바닷말이 이렇게나 많다니! 정원을 더 크게 만들 수 있겠네!"

무민마마는 언덕을 올라가다 우뚝 멈추어 서 버렸다. 정원에 옮겨 놓은 바닷말이 모두, 하나도 남김없이 몽땅 사라지고 없었다. 바다가 깡그리 휩쓸어 가고 말았다.

무민마마는 잔뜩 실망해서 생각했다.

'바다와 너무 가까웠으니 그럴 수밖에. 더 높은 곳에 새로 만들어야겠네……'

무민마마는 물이 차올라 엉망진창이 된 바닷가 모래밭에 반달 모양을 그리며 하얗게 밀려드는 파도를 걱정스러운 눈길로 내려다보았다. 파도는 오리나무 숲에 엎드려 바짝 긴장한 채 주위를 살피는 배 밑으로도 밀려들었고, 배는 파도가 철썩이며 고물에 부딪힐 때마다 피하기라도 하듯 솟구쳐 올랐다. 무민파파는 물속 저만치에서 자신이 만들던 방파제를 찾고 있었다. 물이 배까지 차오르는 곳에서 이리저리 뛰어다니더니, 무민파파가 뒤돌아 뭐라고 소리쳤다.

무민마마가 물었다.

"무슨 말이지?"

아래쪽 바닷가에 있던 무민이 말했다.

"없어졌대요. 바위가 모두 굴러가 버렸대요."

심각한 상황이었다. 무민마마는 무민파파와 같은 마음이라는 사실을 보여 주려고 곧장 젖은 모래밭을 내달려 물속으로 뛰어들었다. 지금 같은 때에는 말보다 행동이 나았다.

무민파파와 무민마마는 얼음장 같은 파도 속에 나란히 섰고, 무민마마는 생각했다.

'이 바다는 심보가 정말 고약하네……'

무민파파가 기운 없는 목소리로 말했다.

"나갑시다. 그 바위가 내 생각만큼 크진 않았나 봐요."

무민마마와 무민파파는 괴로움을 모두 뒤로하고 걸어 나와 배를 지나쳐 사시나무 숲으로 향했는데, 무민파파가 발길을 멈추더니 말했다.

"여기에는 제대로 된 길을 낼 수가 없어요. 해 봤지요. 이 망할 돌들이 너무 커요. 될 일이었으면 이미 오래전에 등대지기가 했겠죠. 부잔교도 마찬가지고요."

무민마마가 말했다.

"이런 섬은 그렇게 크게 바꿀 수는 없나 봐요. 어쩔 수 없죠. 예전 집 같으면 더 쉬웠을 테죠……. 그렇지만 정원만큼은 만들어 보려고 해요……. 더 위쪽에."

무민파파는 아무 말이 없었다.

무민마마는 이야기를 계속했다.

"그리고 등대에도 할 일은 무척 많잖아요. 작은 선반을 달아요! 멋진 가구도 만들고요. 안 그래요? 그 끔찍한 계단도 고치고……. 당신도 알겠지만 천장도……."

무민파파는 생각했다.

'고치는 일은 하고 싶지 않아. 바닷말 따위를 뜯어내고 싶지도 않고……. 거대하고 튼튼한 뭔가를 세우고 싶다고. 정말 기꺼이 하고 싶어. 그렇지만 잘 모르겠군……. 아빠

노릇은 정말 끔찍하게 어려워!'

둘은 등대로 향했고, 무민은 아빠와 엄마가 꼬리를 축 늘어뜨린 채 멀어져 가는 모습을 지켜보았다.

등대 바위 위에서 빛나던 무지개가 점점 옅어지고 있었다. 무지개가 천천히 빛깔을 잃어 가는 광경을 지켜보던 무민은 갑자기 무지개가 사라져 버리기 전에 덤불 속 빈터로 가야겠다는 생각이 들었다. 무민은 덤불숲으로 달려 올라가서는 그 안을 헤치고 기어가기 시작했다.

이제 빈터는 무민의 것이었다. 흐린 날에도 빈터는 여전히 아름다웠다. 나뭇가지 사이에 걸린 거미줄도 눈에 들어왔다. 거미줄에는 은빛 물방울이 맺혀 있었다. 바람이 불어도 빈터는 고요하기만 했다. 불개미도 없었다. 단 한 마리도 보이지 않았다.

비를 피해 숨어 있을지도 몰랐다……. 무민은 서둘러 두 손으로 풀밭을 파헤치기 시작했다. 그러자 다시 석유 냄새가 났다. 땅속에는 여전히 개미들이 있었다. 그것도 잔뜩……. 하지만 한 마리도 빠짐없이 모조리 쪼글쪼글하게 오그라든 채 죽어 있었다. 죽음 가운데 가장 비참한 죽음이, 어마어마하고 끔찍한 대학살이 바로 이 자리에서 벌어졌고 불개미는 단 한 마리도 피하지 못했다. 모두 석유에 빠져 죽고 말았다.

무민은 파도처럼 밀려오는 자책감에 자리에서 일어섰다.

"내 잘못이야. 알아차렸어야 했는데. 미이는 누구를 설득하는 법이 없어. 일을 저질러 버리거나 제 갈 길을 가지. 이제 어쩌면 좋지? 어떡하면 좋아?"

무민이 영원히 독차지할 수 있게 된 빈터에 웅크리고 앉아 앞뒤로 몸을 뒤척이자 석유 냄새가 사방에서 풍겨오며 몸에 스며들었다. 집으로 돌아가는 길에도 내내 무민의 몸에서는 석유 냄새가 났고, 앞으로도 영원히 지워지지 않을 터였다.

미이가 말했다.

"거참 딱하긴. 개미는 모기랑 똑같아서 없앨수록 좋다고! 어쨌거나 내가 이 문제를 어떻게 해결할지 너도 다 알고 있었잖아. 알고 있었지만 내가 말하지 않기를 바랐지. 자신을 속이지 마."

거기에는 대꾸할 말이 없었다.

그날 저녁, 미이는 세상에서 사라져 버리고 싶은 마음이었던 무민이 히스 벌판을 기어서 지나가는 모습을 보았다. 물론 미이는 뒤쫓아서 무민이 덤불숲 주위에 설탕을 뿌리는 모습도 보았다. 무민은 설탕 단지를 들고 덤불 속으로 사라졌다.

미이는 생각했다.

'하, 마음을 누그러뜨리려는 모양이군. 가서 개미들은 설탕을 먹지 않는다고 말해 줄 수도 있는데. 더구나 축축한 땅에는 다 녹아 버릴 텐데 말이야. 더구나 빈터에 있던 개미들이 아니라면 무슨 일이 벌어졌든 관심도 없고, 위로받을 필요도 없지. 그렇지만 귀찮아. 알아서 하라지.'

그 뒤 이틀 동안 무민마마와 무민은 그물에서 바닷말만 뜯어냈다.

또 비가 내렸다. 천장에 진 얼룩은 훨씬 커졌고, 물방울은 작은 냄비에 퐁, 퐁, 퐁 떨어지고 큰 냄비에 통, 통, 통 떨어졌다. 등댓불이 있는 위층에서는 무민파파가 정말 내키지 않는다는 듯 깨진 창문을 보며 생각에 잠겨 앉아 있었다. 창문 생각을 하면 할수록 점점 더 지치고 피곤해지기만 할 뿐, 좋은 생각이 떠오르지 않았다. 바깥에서 못질을 해야 했다. 아니면 안에서 포대 자루를 풀로 붙여야 했다. 이건 모두 무민마마의 생각이었다.

점점 더 지치고 피곤해 결국 바닥에 드러누운 무민파파가 초록 색유리를 바라보자, 그 초록빛이 아름다운 에메랄드빛으로 보였다. 기분이 조금 나아지자, 곧이어 좋은 생각이 떠올랐다. 포대 자루를 넓고 길쭉하게 자른 다음,

풀을 펴 바른다. 그리고 초록 색유리를 잘게 부수어서 풀 위에 뿌려 굳히면 되었다. 무민파파는 눈이 번쩍 뜨여 벌떡 일어나 앉았다.

'풀이 마르기 전에 유리 조각 사이에 곱고 하얀 모래를 뿌려도 괜찮겠군. 아니, 쌀알이 낫겠어. 조그맣고 하얀 쌀알 수천 개를 진주처럼 박아 넣는 편이 좋겠어. 에메랄드와 진주가 박힌 허리띠라니.'

자리에서 일어난 무민파파는 부서진 유리 틈에 망치를 끼워 넣고 구부렸다. 무척 조심히 해 나갔다. 커다란 유리 조각이 바닥에 떨어져 산산조각이 났다. 유리 조각을 한 움큼 집어 든 무민파파는 무한한 참을성으로 유리 조각을 고른 크기로 부수어 나갔다.

오후가 되자 무민파파가 천장 출입구로 내려왔다. 허리띠가 완성되었다.

무민파파가 말했다.

"내가 해 보고 꽤 잘라냈어요. 당신한테 딱 맞게요."

무민마마가 머리 위로 허리띠를 집어넣자, 허리띠는 무민마마의 둥근 배를 따라 내려가다 딱 알맞게 자리를 잡았다.

무민마마가 말했다.

"어머, 어쩜 이럴 수가 있지. 이렇게 아름다운 허리띠는 처음 해 봐요."

무민마마는 정말이지 너무 기뻤다.

무민이 소리쳤다.

"우리는 아빠가 왜 갑자기 쌀을 찾으시나 했어요! 그렇지만 쌀은 물에 불으니까……. 그래서 아빠가 쌀로 창문 막는 방법을 찾으신 줄 알았지 뭐예요……."

미이도 꽤나 인상 깊었는지 말했다.

"훌륭한데요. 정말 믿을 수가 없을 정도네요."

미이는 천장에서 물이 퐁 하고 떨어지지도, 통 하고 떨어지지도 않고 퉁 하고 떨어지는 자리로 세숫대야를 옮기며 덧붙였다.

"그럼 이제 쌀죽 먹기는 글렀네요!"

무민마마가 샐쭉해져서 말했다.

"내 허리둘레가 넓긴 하지. 그 대신 귀리죽을 먹으면 되잖니."

귀리죽이라는 말에 모두 입을 다물었고, 무민파파는 갑자기 천장 세 군데에서 새는 물방울이 무민파파만을 위해 작곡했다는 듯이 서로 다른 음을 내며 떨어지는 소리를 들었다. 무민파파는 그 소리가 거슬렸다.

"여보, 당신이 장신구와 쌀죽 가운데 하나를 골라야만 한다면 말이죠."

무민마마가 말을 꺼내자마자 무민파파가 끼어들었다.
"우리가 식량을 얼마나 먹었죠?"
무민마마가 걱정스러운 듯 말했다.
"꽤 먹었죠. 당신도 알겠지만 바닷바람이……."
무민파파가 뒤이어 물었다.
"남은 게 있기는 해요?"
무민마마는 걱정할 일이 아니라는 듯이 곧장 귀리를 가리켰다.
이제 무민파파는 벽에 걸려 있던 낚싯대를 내려 들고 등대지기 모자를 쓰는 일 말고는 아무것도 할 수 없었다. 말없이 위풍당당하게 가장 예쁜 미끼도 골랐다.
가족들은 잠자코 기다리고 있었고, 천장에서는 계속 물이 떨어졌다.
무민파파가 차분히 말했다.
"잠깐 나가서 낚시 좀 할게요. 강꼬치고기가 잡힐 날씨로군요."

북동풍은 잠잠해졌지만 여전히 수위는 높았다. 보슬비가 내려 섬도 바다도 잿빛으로 물들어 어디가 어디인지 분간할 수 없었고, 온 세상이 외로움으로 가득 찼다.
무민파파는 새까만 석호에서 한 시간 동안 낚시를 했다.

입질은 한 번도 없었다. 한 마리라도 낚아 올리기 전까지는 강꼬치고기 이야기를 하지 말았어야 했다.

물론 무민파파는 여느 아빠들처럼 낚시를 좋아했다. 하지만 빈손으로 집에 돌아가고 싶지는 않았다. 1년 전 생일 선물로 받은 릴낚싯대는 무척 멋졌다. 하지만 벽에 걸려 있으면 조금 거슬리곤 했다. 낚시 가자고 재촉하는 듯했다.

무민파파는 새까만 석호를 내려다보며 서 있었고, 석호는 커다랗고 진지한 눈으로 무민파파를 바라보았다. 무민파파는 줄을 거두고 불 꺼진 담뱃대를 모자 장식 띠에 끼워 넣었다. 그러고는 바람이 잔잔한 쪽으로 걸었다.

그쪽에는 강꼬치고기가 있을지도 몰랐다. 조금 작긴 하겠지만. 어쨌든 집에 뭐든 들고 가긴 해야 했다.

절벽 바로 아래에 어부가 앉아 낚시를 하고 있었다.

무민파파가 물었다.

"그쪽은 괜찮습니까?"

어부가 대답했다.

"아뇨."

무민파파는 바위에 걸터앉아 무슨 말을 어떻게 꺼낼지 고민했다. 이렇게 이야기 나누기 어려운 이는 처음이었다. 어떻게 반응할지 종잡을 수가 없었다.

"저, 겨울이면 조금 외로우시겠습니다."

무민파파가 이렇게 말을 건네 보았지만, 물론 아무 대답도 돌아오지 않았다.

무민파파는 다시 말을 건넸다.

"그렇지만 전에는 물론 혼자가 아니셨겠지요. 그는 어땠습니까? 등대지기 말입니다."

어부는 무어라고 웅얼거리더니 안절부절못하며 자리에서 뒤척거렸다.

"등대지기는 말수가 많았습니까? 자기 이야기를 많이 했나요?"

갑자기 어부가 말했다.

"다들 그러잖소. 자기 이야기를 하느라 정신없지. 그도 늘 자기 이야기를 늘어놓았소. 하지만 제대로 들은 적은 없소. 뭐라고 했는지 기억나지 않소."

"그럼 그가 떠날 때 무슨 일이 있었습니까? 떠나기 전에 등댓불을 껐습니까, 아니면 떠난 뒤에 등댓불이 꺼졌습니까?"

어부는 한쪽 어깨를 으쓱하고 낚싯줄을 들어 올렸지만, 아무것도 걸려 있지 않았다. 어부가 말했다.

"기억나지 않소."

무민파파는 절망적인 마음으로 다시 말을 건넸다.

"그럼 등대지기는 낮에 뭘 했습니까? 뭘 만들었습니까? 그물을 쳤나요?"

어부는 우아한 몸놀림으로 천천히 낚싯줄을 던졌다. 물 위로 동그란 물결이 천천히 점점 커지더니 수면에서 사라져 갔다. 어부는 바다 쪽으로 돌아앉았다.

그러자 무민파파도 일어나 자리를 옮겼다. 한바탕 화를 내고 나니 속이 후련해졌다. 무민파파는 점잖은 이가 낚시할 때 지켜야 할 예의 따위는 무시하고 어부 가까이로 낚싯줄을 힘차게 던졌다. 바로 입질이 왔다.

무민파파는 500그램짜리 농어를 끌어올렸다. 크게 한 건 한 무민파파가 어부를 약 올리려고 첨벙거리며 물속으로 들어가서는 농어를 붙잡아 바위에 내동댕이쳐서 숨을 끊어 놓았다. 어부는 슬쩍 곁눈질하더니 앉은 자리에서 꼼짝도 하지 않고 바다만 내다보았다.

무민파파가 농어를 뒤로 감추며 고래고래 소리쳤다.

"이 강꼬치고기는 삼 킬로그램은 족히 넘겠는데! 허허허허! 이 녀석을 훈제하려면 한참 걸리겠군!"

어부는 꿈쩍도 하지 않았다.

무민파파가 중얼거렸다.

"이제 한 방 먹였군! 그 불쌍한 등대지기가 자기 이야기를 아무리 해도 저, 저 새우 같은 양반은 들은 척도 하지 않았겠지! 척 보면 알지!"

무민파파는 농어를 손에 꼭 쥐고 등대 바위를 올랐다.

미이는 계단에 앉아 단조로운 비 노래를 흥얼거리고 있었다.

무민파파가 말했다.

"거기 있었구나. 내가 좀 흥분했다!"

미이가 신이 나서 말했다.

"그거 잘됐네요. 무민파파를 화나게 할 만한 진짜 적수를 만나셨나 봐요."

무민파파는 농어를 계단에 던지며 물었다.

"엄마는 어디 계시냐?"

미이가 말했다.

"새 정원 터를 둘러보고 계세요. 물고기는 제가 가져다 드리죠."

고개를 끄덕인 무민파파는 서쪽 곶으로 걸어갔다. 무민파파가 혼잣말했다.

"이제! 앞으로는 어부의 시멘트 상자 바로 코앞에서 낚시해 주마! 물고기를 모조리 잡아 올려 주지! 본때를 보여 주겠어……."

찢어진 그물은 등대의 나선형 계단 아래쪽에 매달린 채 잊혔다. 무민마마는 작은 선반이나 가구 이야기를 더는 꺼내지 않았고, 천장에서 물 새는 자국은 비가 올 때마다 점점 더 커졌다. 천장 출입구는 닫힌 지 오래였다.

무민파파는 갑자기 낚시만 했다. 하루가 다 가도록 낚시질만 했고 밥 먹을 때에만 등대에 들렀다. 아침 일찍 혼자 나갔고, 아무도 따라오지 못하게 했다. 어부를 약 올리는 데에 더는 관심이 없었다. 작달막하고 돌부처처럼 화내지도 않는 이를 놀리자니 재미가 없었다. 무민파파의 머릿속은 가족을 위해 먹을 것을 구해야 한다는 생각뿐이었다. 잡은 물고기는 늘 등대 계단에 두었다.

좋은 물고기는 배가 있는 바닷가로 가져가 훈제했다. 무민파파는 훈제용 화덕 앞에 앉아 불기운을 일정하게 유지하려고 장작을 하나씩 천천히 집어넣었다. 모래와 조약돌로 틈을 막고, 전나무 잔가지와 잘게 자른 오리나무 가지를 깔아 생선이 제대로 훈연되게 했다. 가족들은 무민파파를 좀체 볼 수가 없었다.

저녁나절에 무민파파는 세 번이나 새까만 석호에 낚싯줄을 던졌지만 입질은 한 번도 없었다.

 심지어 차를 마실 때에도 무민파파는 물고기 이야기만 늘어놓았다. 늘 하던 대로 편히 말하지 않고 거창하게 가르치듯 해서 무민마마는 조금 놀랍고 짜증스러웠지만 열심히 들으려고 애써 보아도 물고기나 낚시하는 이들의 습성 등 별달리 배울 이야기는 없었다.

 무민마마는 생각했다.

 '이제 그만해도 될 텐데. 단지며 병마다 절인 생선으로 가득 찼는데도 계속 낚시만 하다니. 먹을 것이 많아서 좋긴 하지만, 조금 모자랐을 때가 더 즐겁지 않았나 싶은걸. 이게 다 바다가 고약하게 굴어서 그렇지.'

 무민마마는 자신이 얼마나 그 허리띠를 좋아하는지 무민파파에게 보여 주려고 날마다 허리띠를 맸다. 비록 주말에만 하는 특별한 장신구가 틀림없었지만. 게다가 유리 조각은 어딘가에 걸리기 일쑤였고 쌀알이 떨어지곤 해서 조심히 움직여야만 했다.

 등대 바위 아래로 윤기 나는 바닷말이 둥그렇게 널렸고, 무민마마의 새로운 정원이 완성되었다. 조개껍질이 보이지 않아 그 대신 둥근 조약돌을 정원 가장자리에 둘렀다. 한가운데에는 집에서 가져온 진짜 흙에 장미를 심어 놓았는데, 꽃봉오리는 막 벌어지려고 했지만 그럴 일은 없을 듯 싶었다. 9월에 접어든 지도 한참이었다.

무민마마는 이듬해 봄에 꽃을 심을 생각으로 꿈에 부풀곤 했다. 북쪽 창틀에 그 꽃을 모두 그려 넣기도 했다. 무민마마는 바다가 보이는 창가에 앉을 때마다 새로운 꽃을 그리면서도 머릿속은 다른 생각으로 가득했다. 가끔 정신을 차리고 나면 그림 속 꽃들이 점점 무성해지고 아름다워지는 듯해서 깜짝 놀라곤 했다.

제비들이 남쪽으로 떠나자 창가 자리가 조금 허전해졌다. 보슬비가 내리던 바람 부는 어느 날, 제비들은 아무도 모르게 떠나 버렸다. 이제야 겨우 처마 아래에서 쉼 없이 들려오는 제비들의 지저귐에 익숙해졌다 싶었는데, 섬은 눈에 띄게 조용해졌다. 요즘은 노란 눈을 깜박거리지도 않는 갈매기들만 창가를 스쳐 지나갔고, 머나먼 길을 떠나는 두루미들의 울음소리만 멀리서 가끔 들려오곤 했다.

사실 무민마마도 무민파파도 모두 다른 생각으로 머릿속이 가득 차 있었으니, 무민에게 무슨 일이 일어나고 있는지 알아차리지 못했다 해도 이상한 일이 아니었다. 무민마마나 무민파파는 덤불숲과 빈터를 몰랐고, 무민이 밤마다 달이 차오르면 남포등을 들고 바닷가 모래밭으로 내려가는 줄은 꿈에도 몰랐다.

미이가 무얼 보고 어떤 생각을 하는지도 아무도 몰랐다. 미이는 어부의 뒤를 졸졸 따라다녔지만 서로 이야기를 거의 하지 않았다. 미이와 어부는 서로 존중하되 독립적인 관계였다. 서로를 이해시키려 하거나 관심을 끌려고 들지 않아서 오히려 잘 지냈다.

해마들이 돌아온 날 밤, 가을로 접어든 섬은 대강 이런 분위기였다.

남포등을 들고 바닷가 모래밭으로 내려가는 일쯤은 이제 무민에겐 모험이라고 할 수도 없었다. 그로크도 익숙해져서 위험하다기보다는 귀찮게 느껴졌다. 바닷가에 내려가는 일이 그로크를 위해서인지, 아니면 여전히 해마들이 돌아왔으면 해서인지 알 수 없을 정도였다. 달이 떠오르면 자기도 모르게 일어나 나갈 뿐이었다.

그로크는 늘 찾아왔다. 바다 저만치에 서서 등불의 움직임을 눈으로 좇았다. 무민이 불을 끄면 그로크는 말없이 어둠 속으로 미끄러져 갔고 무민은 집으로 돌아왔다.

하지만 밤마다 그로크는 조금씩 가까이 다가왔다. 그리고 그날 밤, 그로크는 모래밭에 앉아 기다리고 있었다.

무민은 오리나무 숲에 멈추어 남포등을 바닥에 내려놓았다. 그로크가 규칙을 어기고 뭍으로 올라오다니, 안 될 일이었다. 그로크가 이 섬에서 할 일은 없었다. 자라나고

살아가는 모든 생명에게 위험한 존재일 뿐이었다.

무민과 그로크는 늘 그랬듯이 말없이 마주보고 서 있었다. 하지만 그로크의 눈길이 천천히 불빛에서 벗어나 무민을 똑바로 바라보았는데, 지금까지 한 번도 이런 적이 없었다. 눈빛은 차디찼고 동시에 불안에 차 있었다. 달이 구름 사이로 들어가며 환히 빛나던 달빛이 어두워지자, 바닷가는 도망치는 그림자로 가득 찼다.

그 자리로 해마들이 곶 쪽에서부터 뛰어왔다. 해마들은

그로크에게는 눈곱만큼도 신경 쓰지 않고 달빛 아래에서 서로 잡으러 쫓아다니고, 무지개를 만들어 조막만 한 말발굽으로 그 사이를 뛰어다녔다. 무민은 편자 하나를 잃어버린 해마를 발견했다. 그 해마는 편자가 세 개뿐이었다. 몸에는 꽃무늬가 수놓아져 있었는데, 목과 발목 쪽으로 갈수록 무늬가 점점 작아졌고 데이지 같았다. 아니면 수련 같기도 했는데, 수련이 더 시적일 듯싶기도 했다. 그때 그 해마가 남포등 쪽으로 달려드는 바람에 남포등이 모래밭에 넘어졌다.

자그마한 해마가 소리쳤다.

"내 달빛을 방해하지 마! 내 달빛 말이야!"

"어, 미안해."

이렇게 말한 무민은 얼른 등불을 껐다.

"내가 네 편자를 찾았는데……"

해마가 멈추어 서서 고개를 갸웃했다.

무민은 말을 이었다.

"미안한데, 그걸 엄마한테 드렸어."

달빛이 사라지자, 말발굽 소리가 다시 돌아왔고 무민은 해마들이 웃는 소리를 들었다.

해마들이 서로 소리쳤다.

"들었니? 들었어? 쟤가 편자를 엄마한테 줬대! 엄마한테! 엄마한테 말이야!"

해마들이 무민을 향해 내달려 부드럽게 스쳐 지나가자, 부드러우면서도 조금 숨 막히는 참황새풀 꽃 같은 갈기가 얼굴을 뒤덮었다 지나갔다.

무민이 어둠 속에 대고 소리쳤다.

"내가 돌려 달라고 할게! 다시 가져올 수 있어!"

달이 다시 고개를 내밀었다. 무민은 밝은 치맛자락 같은 갈기가 목 주위에 둘러진 해마들이 바다 위를 나란히 걷는 광경을 바라보았다. 두 해마의 생김새가 똑같았다. 그중 하나가 고개를 돌리고 아득하게 소리쳤다.

"다음에……."

무민은 모래밭에 주저앉아 버렸다. 해마가 무민에게 말했다. 돌아오겠다고 약속했다. 날이 흐리지만 않으면 달빛은 수많은 긴긴 밤을 환히 비출 터였다. 그리고 무민은 남포등을 켜지 않도록 조심하기로 했다.

갑자기 꼬리가 시려서 무민이 주위를 살피자 모래밭이 꽁꽁 얼어붙어 있었다. 그로크가 앉아 있던 자리였다.

다음 날 밤, 무민은 남포등 없이 배가 있는 바닷가로 내려갔다. 달은 보름을 지나 점점 이지러지고 있었고, 달이 완전히 기울면 해마들은 다른 곳으로 가서 놀 터였다. 무민은 느낌으로 알 수 있었다.

무민은 은으로 된 편자를 가져왔다. 다시 돌려받아도 괜찮을지 묻기란 만만치 않은 일이었다. 무민은 엄청나게 어색해했고, 얼굴도 새빨개졌다. 무민마마는 아무것도 묻지 않고 못에 걸어 놓았던 편자를 내려 주었다.

무민마마가 아무렇지도 않은 목소리로 말했다.

"가루비누로 광냈단다. 얼마나 반짝이는지 좀 보렴. 그것 말고는 더 손대지 않았단다."

다리 사이로 꼬리를 말아 넣은 무민은 대신 다른 뭔가를 드리겠다고 작게 중얼거렸다. 무민은 어쩐 일인지 입이 떨어지지 않아 해마 이야기를 할 수가 없었다. 조개껍질을 조금 주울 수 있으면 좋으련만. 무민마마는 틀림없이 편자보다는 조개껍질을 더 좋아하리라. 해마라면 바다 밑바닥에서 가장 크고 아름다운 조개껍질 몇 개를 주워 오는 일쯤이야 식은 죽 먹기일 터였다. 그렇지만 해마가 무민마마를 신경이나 쓸까? 묻지 않는 편이 차라리 나을지도 몰랐다…….

해마는 오지 않았다.

달이 저물었고, 해마는 나타나지 않았다. 사실, 해마는 "다음에."라고 말했지, "내일 밤에."라고 말하지는 않았다. 다음이라는 말은 언제든 될 수 있었다. 주저앉아 손가락 사이로 모래를 흘리던 무민은 졸음이 쏟아졌다.

바로 그때 당연하다는 듯 그로크가 나타났다. 그로크는 앙심이라도 품은 듯이 차디찬 기운에 자욱해진 물안개를 뚫고 바닷가로 기어 올라왔다.

갑자기 아무 까닭도 없이 화가 치민 무민이 소리쳤다.

"가 버려! 사라지라고! 넌 우리한테 방해만 돼! 널 상대할 시간 없다고!"

그로크가 바닷가 위로 미끄러져 올라왔다.

무민은 오리나무 숲 사이로 뒷걸음질 치며 소리쳤다.

"너한테 보여 줄 등불도 없어! 불 켜지 않을 거야! 넌 여기 오면 안 돼. 여긴 우리 아빠의 섬이라고!"

뒷걸음질을 치던 무민이 뒤돌아 내달리기 시작했다. 그로크가 섬을 올라온 느낌이 들자, 사시나무들은 폭풍이라도 만난 듯이 비틀거리며 이파리를 떨어뜨렸다.

무민이 침대에 눕자 그로크의 울음소리가 들려왔는데, 오늘 밤에는 훨씬 가까이에서 들렸다.

무민은 생각했다.

'여기까지 오면 안 되는데. 아무도 그로크를 발견하면 안 돼. 벳고동처럼 쉬시도 않고 우네……. 누가 이 모든 일을 알고 나면 바보 같다고 하겠지. 그게 가장 싫어.'

덤불숲 가장자리의 땅딸막한 나무 아래에서 미이가 귀 기울여 듣고 있었다. 미이는 이끼를 촘촘하게 끌어모으며 심각한 얼굴로 휘파람을 불었다.

미이는 생각했다.

'무민이 이제야 정신을 차렸군. 그로크를 돌보고 해마랑 친구가 될 수 있다고 생각하니까 이런 일이 생기지. 불쌍한 녀석 같으니.'

미이는 갑자기 불개미 사건이 떠올라 혼자 오래도록 배꼽을 잡고 웃었다.

제5장

안개

사실 무민마마는 마음 상할 말을 한 적이 없었고, 더구나 무민파파가 서운할 만한 말도 하지 않았다. 그럼에도 무민파파는 서운했다. 무민마마가 뭐라고 말했는지는 정확히 기억나지 않았다. 하지만 이제 가족들에게 더는 물고기가 필요하지 않다는 말 같았다.

무엇보다 무민마마는 무민파파가 잡아 온 강꼬치고기를 보고도 감탄하지 않았다. 저울은 없었지만 3킬로그램은 넘을지도 모르는, 적어도 2킬로그램은 족히 넘는 강꼬치고기였다. 가족들을 먹여 살려 보겠다고 농어라도 줄기차게 잡아 올리다 강꼬치고기를 잡았으니 의미 있고 큰 사건이었다. 그런네 무민마마는 물고기가 더 필요 없다는 말뿐이었다.

무민마마는 여느 때처럼 창가에 앉아 활짝 핀 꽃으로 가득 찬 창틀에 꽃을 그리다가 무심결에 허공에 대고 무민파파가 잡아 온 물고기를 다 어떻게 해야 좋을지 모르겠다고 말했다. 절인 생선을 담을 단지도 남지 않았다고도 말했으리라. 색다르게 귀리죽을 먹으면 좋겠다고도 말했을지 모른다. 대강 그런 말이었다.

무민파파는 릴낚싯대를 벽에 걸고 산책을 나갔다. 바닷가를 따라 섬을 한 바퀴 돌았지만 어부의 곳으로는 가지 않았다.

날은 흐렸고 무척 고요했다. 흐린 하늘처럼 잿빛 비단결 같은 수면이 동쪽에서 불어오는 바람에 긴 너울이 일어 일렁거렸다. 바쁜 일이 있다는 듯 참솜깃오리 몇 마리가 수면 가까이를 재빨리 날아올랐다. 그러고 나자 온 세상이 다시 잠잠해졌다. 한 발은 뭍에, 다른 한 발은 물에 담근 무민파파는 바닷물에 꼬리를 축 늘어뜨리고 걸으며 등대지기의 모자를 코까지 푹 눌러쓰고 생각했다.

'엄청난 폭풍이 오면 좋으련만. 아주 막강한 폭풍이. 그럼 여기저기 뛰어다니면서 물건을 챙기고, 가족들이 날아가지 않게 돌보느라 정신없겠지. 등대 꼭대기로 올라가서 바람이 얼마나 거센지 재고……. 다시 내려와서 "보퍼트 풍력 계급이 13이군요. 이제 다들 침착해요. 걱정할 필요 없어요……." 하고 말해야지.'

미이는 바닷물이 고인 웅덩이에서 큰가시고기를 잡고 있었다.

미이가 물었다.

"왜 낚시 안 하세요?"

무민파파가 대답했다.

"그만뒀다."

미이가 눈치 채고 말했다.

"후련하시겠어요. 갈수록 골치 아파 하셨잖아요."

무민파파가 깜짝 놀라 소리쳤다.

"말 한번 잘했구나. 희한하게 정말 너무 힘들었지. 난 미처 몰랐는데 말이다."

무민파파는 등대지기의 바위 턱으로 가서 가만히 앉아 생각했다.

'뭔가 색다른 일을 해야지. 어마어마한 일로.'

하지만 무민파파는 자신이 무슨 일을 하고 싶은지 알 수가 없었다. 혼란스러워 갈피를 잡지 못했다. 오래전에 개프지의 딸이 무민파파가 서 있던 양탄자를 휙 잡아당겼을 때 같은 느낌이었다. 아니면 의자를 옆에 두고 허공에 잘못 앉은 느낌이거나. 아니, 아니, 그런 느낌도 아니었다. 뭔가 속아 넘어간 기분이었다.

폭풍 따위는 받아들이지 않겠다는 듯 잔잔하기 그지없는 잿빛 비단결 같은 바다를 바라볼수록 뭔가에 속아 넘어갔다는 생각이 점점 커졌다. 무민파파가 혼잣말을 중얼거렸다.

"두고 보자고. 기필코 네 비밀을 밝혀낼 테니까……."

바다인지 섬인지, 아니면 새까만 석호인지 어떤 비밀을 밝혀야 할지는 무민파파도 몰랐다. 등대나 등대지기를 가리켰는지도 몰랐다. 일이 생길 때마다 무민파파는 무척 험악해졌다. 뒤죽박죽이 된 머리를 흔든 무민파파는 새까만 석호로 가서 바위 절벽 가장자리에 걸터앉았다. 그리고 두 손에 얼굴을 파묻고 생각에 잠겼다. 석호 쪽으로 파도가 넘어들어 거울처럼 반짝이는 수면 아래로 가라앉곤 했다.

무민파파는 생각했다.

'여기로 수백 년 동안 폭풍이 파도를 밀어 넣었겠지. 부자(浮子)나 나무껍질 조각, 작은 나뭇가지 같은 게 새까만 석호로 밀려들었다가 다시 파도에 휩쓸려 나가곤 했겠지. 늘 똑같이 말이야……. 그러다 어느 날…….'

고개를 든 무민파파의 머릿속에 중요한 생각 하나가 스

쳐 지나갔다.

'어느 날엔가 육중한 뭔가가 파도에 밀려들었다가 저 깊은 바닥에 잠겼다면? 오래전에 가라앉은 뭔가가 아직 저 아래에 있다면?'

무민파파는 벌떡 일어났다.

'보물 상자? 밀매한 위스키 상자? 해적의 해골? 뭐든 어때! 새까만 석호에 믿을 수 없을 만큼 신기한 물건이 가득할지도 몰라!'

무민파파는 기뻐서 어쩔 줄 몰랐다. 갑자기 마음속에서 뭔가가 끓어올랐고, 잠들었던 모든 느낌이 깨어났으며, 온몸에 전율이 흘렀고, 배 속에서 용수철이 튀어 무민파파를 당장 행동하게 만든 듯했다. 무민파파는 한달음에 집으로 가서 계단을 올라 문을 벌컥 열고 소리쳤다.

"자, 좋은 생각이 떠올랐어요!"

벽난로 옆에 있던 무민마마가 물었다.

"아니, 뭔데요? 큰일이에요?"

무민파파가 대답했다.

"큰일이죠. 어마어마해요. 여기 앉아서 들어 봐요."

무민마마가 속이 빈 상자에 앉자, 무민파파는 어떤 생각인지 설명했다. 말을 마치자, 무민마마가 말했다.

"믿을 수가 없어요. 당신 말고는 아무도 못 할 생각이에요. 거기에는 틀림없이 뭐든 있겠어요!"

무민파파가 말했다.

"바로 그거예요. 틀림없이 뭐든 있어요."

무민마마와 무민파파는 마주 보고 웃음을 터뜨렸다. 이윽고 무민마마가 물었다.

"언제 조사하려고요?"

무민파파가 말했다.

"당장 시작해야죠. 샅샅이 조사해 봐야겠어요. 하지만 먼저, 호수가 얼마나 깊은지 측정해야지요. 그 석호에 우리 배도 띄워야 하고요. 물론 당신도 알겠지만 뭐든 내가 끌어다 절벽에서 굴리면 바로 굴러 떨어지잖아요. 엄청난 물건들은 호수 한가운데에 있을 테니 그쪽으로 굴리는 일이 중요하죠."

무민마마가 물었다.

"도와줄까요?"

무민파파다 말했다.

"아니에요. 이건 내 일이에요. 이제 수심을 잴 밧줄을 찾아야겠어요……."

등댓불을 까맣게 잊은 무민파파가 철제 사다리를 타고 등대 꼭대기에 있는 어두운 다락방으로 올라갔다. 잠시 뒤, 무민파파가 밧줄을 들고 내려와 물었다.

"봉돌로 쓸 만한 거 있어요?"

무민마마는 서둘러 벽난로로 가서 다리미를 가져다 건넸다.

"고마워요."

무민파파는 이렇게 말하고 문밖으로 나갔다.

무민파파가 나선형 계단을 한 번에 두 칸씩 뛰어 내려가는 소리가 들리더니 다시 조용해졌다. 무민마마는 식탁에 앉아 웃음을 터뜨렸다.

"잘됐네. 정말 빌어먹게 잘됐어!"

무민마마는 얼른 주위를 둘러보았지만, 물론 무민마마가 내뱉은 나쁜 말을 들을 이는 아무도 없었다.

무민은 덤불 속 빈터에 누워 머리 위에서 흔들리는 나뭇잎을 바라보고 있었다. 이파리들이 노랗게 물들기 시작하자 빈터는 훨씬 더 아름다워졌다.

이제 무민은 자기만의 은신처로 들어가는 비밀 굴을 세 군데나 가지고 있었다. 정문, 부엌문 그리고 급할 때 쓸 비상구였다. 무민은 나뭇가지를 주워 둘레의 가지를 참을성 있게 촘촘히 엮어 초록빛 벽을 세웠고, 그리하여 빈터는 무민이 직접 만든 무민의 것이 되었다.

무민은 빈터 아래 어딘가에서 흙으로 변할 불개미들을

더는 떠올리지 않았고, 석유 냄새도 바람에 날려 많이 빠졌으며, 익사한 녀석들 대신 언젠가는 꽃이 만발할 터였다. 덤불숲 주위에 사는 수천 마리 또 다른 불개미들은 무민이 놓아둔 설탕에 기뻐하고 있으리라. 모든 일이 제대로 되었다.

아니었다. 무민은 해마들을 떠올리고 있었다. 마음속에 뭔가 변화가 일어난 무민은 혼자 있길 좋아하고 새로운 생각에 잠기길 좋아하는 전혀 다른 트롤이 되었다. 요즘 무민은 머릿속으로 상상하며 노는 편이 훨씬 흥미진진했다. 자기 자신과 해마들을 상상하거나 그로크가 몰고 온 어둠 덕분에 오히려 더 아름다워진 달빛 같은 생각을 떠올렸다. 그로크는 틀림없이 늘 그 어딘가에 앉아 있었다. 밤마다 울어 대기도 했다. 하지만 문제 될 일은 아니었다. 무민은 그러려니 했다.

무민은 예쁜 돌과 바닷물에 다듬어져 보석 같은 유리 조각, 등대지기의 서랍장에 있던 반짝이는 구리 봉돌 몇 개를 해마들에게 줄 선물로 모아 두었다. 무민은 해마들이 이 선물을 보고 무슨 말을 할지 상상해 보았고, 해마들에게 해 줄 재치 있고 시적인 말도 생각해 두었다.

무민은 다시 달이 차오르기만을 기다렸다.

무민마마는 골짜기 집에서 가져온 물건을 이미 오래전에 모두 제자리에 정리해 놓았다. 청소도 공들여 하지 않았는데, 이 먼바다에는 먼지도 별로 없을 뿐더러 청소에 유난을 떨 필요도 없었다. 간편한 방법으로 손쉽게 음식을 만들면 식사 준비도 금세 끝나 버렸다. 하루가 쓸데없이 길어졌다.

아무도 거들떠보지 않는 퍼즐을 혼자 맞추기도 싫었다.

어느 날 갑자기 무민마마는 장작을 모으기 시작했다. 아무리 작은 나뭇가지라도 찾아내면 모두 손질했고, 아무도 돌보지 않는 그 버려진 바닷가를 한 꺼풀 벗기듯 바다가 휩쓸어 온 물건은 모조리 거두어들인 끝에 나뭇조각과 널빤지가 산더미처럼 쌓였다. 무민마마가 장작을 모으는 동안 섬은 깨끗이 청소되어 보기 좋아졌고, 무민마마는 이 섬이 광내고 가꾸어 주어야 할 순수한 정원 같다고 생각했다.

무민마마는 장작을 모두 등대 바위 아래의 바람 없는 곳으로 날랐다. 톱질할 때 쓰려고 무민마마가 직접 만든 모탕도 놓여 있었다. 삐딱하게 조금 기울었지만 오른쪽 기둥을 다리로 받치면 쓰는 데 문제는 없었다.

무민마마는 흐리고도 포근한 날씨에 톱질을 하고 또 했는데, 나뭇조각이 모두 정확히 같은 길이가 되도록 잘라

주위에 둥그렇게 쌓아 올렸다. 나무는 벽처럼 점점 더 높이 쌓여 갔고, 마침내 무민마마는 아늑하고 아담한 자기만의 공간에서 톱질하며 서 있게 되었다. 잘 마른 나뭇가지들은 벽난로 앞에 늘어놓았지만 통나무는 패기가 쉽지 않았다. 무민마마는 도끼질이 익숙지 않았다.

장작더미 옆으로는 무민마마가 좋아하는 작은 마가목 한 그루가 자라고 있었다. 요사이 마가목에 빨간 열매가 맺혔는데, 작은 나무치고 주렁주렁 많이도 열렸다. 질 좋은 나뭇조각은 마가목 아래에 따로 모았다. 무민마마는 나무를 꽤 많이 알고 있었다. 참나무가 무엇인지, 자카란다 나무가 무엇인지도 알았고 발사나무, 미송, 마호가니도 가릴 수 있었다. 저마다 향도 다르고 감촉도 다른 나뭇조각들이 기나긴 여행 끝에 무민마마의 손에 들어왔다.

"이건 자카란다 나무, 이건 자단나무."

무민마마는 흡족하게 중얼거리며 톱질을 계속했다.

가족들은 무민마마가 톱질하는 모습에, 장작더미가 쌓일수록 점점 가려지는 무민마마의 모습에 익숙해졌다. 처음에 무민파파는 불 같이 화를 내며 장작더미를 넘겨받으려 했다. 그러자 무민마마도 화내며 말했다.

"이건 내 일이에요. 나도 좀 놀아 보자고요."

마침내 장작더미가 너무 높아진 탓에 무민마마는 귀 끄트머리만 간신히 보이게 되었다. 하지만 무민마마는 계속해서 톱질을 하고 또 했고, 날마다 아침이면 섬을 한 바퀴 돌면서 나뭇조각을 주워 모았다.

잿빛에 흐리고 무엇 하나 움직이지 않던 고요한 아침에 무민마마는 바닷가 모래밭에서 조가비를 하나 찾았다. 커다란 소용돌이 모양에 안쪽은 분홍빛이었고 바깥쪽은 빛바랜 갈색에 어두운 빛깔의 점이 있었다.

무민마마는 무척 기쁘면서도 깜짝 놀랐다. 일주일이 다 가도록 수위가 높았던 적이 없었는데도 조가비가 모래밭 위에 놓여 있었다. 조금 떨어진 곳에서 정원 주위에 장식용으로 놓곤 하는 하얀 조가비도 찾았다. 무민마마는 바닷가 모래밭에 크고 작은 조가비가 잔뜩 흩어져 있다는 사실을 갑자기 깨달았다. 그중 빨간 글자로 '서해안의 추억'

이라고 적힌 조가비가 가장 눈에 띄었다.

무민마마는 화들짝 놀라 앞치마에 모두 주워 담았다. 그러고는 여전히 새까만 석호를 살피고 있는 무민파파에게 보여 주러 갔다.

무민파파는 뱃전 너머로 고개를 내밀고 엎드려 있었는데, 위에서 내려다보니 배를 타고 호수를 이리저리 돌아다니는 뒷모습이 무척 조그맣게 보였다.

무민마마가 소리쳤다.

"이리 와서 좀 봐요."

무민파파는 호수가 바다와 통하는 쪽으로 배를 돌렸다.

무민마마가 말했다.

"진짜 조가비예요! 어제만 해도 아무것도 없었는데 이 녀석들이 바닷가 모래밭 저만치 위에 있지 뭐예요!"

바위에 담뱃대를 딱딱 두드리며 무민파파가 말했다.

"거참 희한한 일이군요. 바다의 수수께끼죠. 이렇게 수수께끼로 가득 찬 바다를 생각하면 가끔 정말 흥분된다니까요. 어제까지는 아무것도 없었는데 모래밭 저만치 위에 조가비들이 나타났다고 말했죠. 흠, 그건 몇 시간 만에 수위가 일 미터쯤 높아졌다가 다시 낮아졌다는 뜻이에요. 남쪽 지역에서는 밀물과 썰물이 있다고들 하지만, 여기는 그렇지 않은데 말이죠. 정말 흥미롭군요. 더구나 여기 이

글자는 전혀 생각지 못한 가능성을 열어 주고 있어요."

무민파파는 심각한 표정으로 무민마마를 바라보았다. 그러더니 입을 열었다.

"당신도 알겠지만, 난 이런 문제를 연구하고 글로 옮길까 해요. 어마어마하게 거대한 바다, 그 바다를 둘러싼 모든 일을 말이죠. 난 바다를 이해해야 해요. 전체 맥락을 볼 줄 모르는 좀스러운 이들이나 부잔교를 만들고 길을 내고 낚시를 하는 법이죠."

무민파파는 엄숙한 목소리로 다시 말했다.

"전체 맥락이라, 그럴싸한 말이로군요. 이 모든 생각은 여기 이 깊은 석호에서 영감을 받았어요."

무민마마가 눈이 휘둥그레져서 물었다.

"그렇게 깊어요?"

무민파파가 대답했다.

"아주 깊어요. 밧줄이 바닥에 닿질 않아요. 오늘은 내 추론을 증명이라도 하듯이 이 양철통을 건져 냈지요."

무민마마는 고개를 끄덕이고 잠시 뒤 말을 이었다.

"조가비들을 정원에 두러 이만 가 볼게요."

무민파파는 그 원대한 문제를 깊이 고민하느라 아무 대답도 하지 않았다.

그 즈음, 무민은 조개가 장식되어 있던 상자를 화덕에 넣어 태우고 있었다. 조개를 모조리 떼어냈으니 더는 상자를 아껴 둘 필요가 없었다. 무민은 그 상자를 서랍장 맨 아래 칸에서 찾아냈는데, 등대지기의 가장 사적인 소지품이 들어 있어서 무민마마가 살펴보려고 하지 않았던 곳이었다.

양철통은 녹슨 데다 우그러져 있었고, 테레빈유나 기름 말고 흥미로운 무언가가 담긴 적은 없을 듯싶었다. 그래도 그 양철통은 증거였다. 새까만 석호가 바다의 은닉처, 보물 상자 같은 곳이라는 뜻이었다. 무민파파는 저 밑에 바다가 숨긴 모든 물건이 기다리고 있다고 믿었다. 무엇이든 상관없이 모든 물건이. 그게 뭐든 건져 올리기만 하면 바다를 이해하게 되고, 모두 제자리를 찾게 되리라고도 믿었다. 무민파파 자신까지도. 그런 느낌이 들었다.

그래서 무민파파는 스스로 끝없이 깊다고 말한 석호의 밑바닥을 샅샅이 끈질기게 훑었다. 무민파파는 "끝없이 깊은 곳."이라고 작게 중얼거리며 그 마법 같은 말에 등줄기가 짜릿했다.

봉돌은 대부분 서로 다른 깊이에서 멈추었다. 하지만 밧줄을 아무리 깊이 내려도 모자라는 일이 생길지도 모를 일이었다. 찾을 수 있는 줄이란 줄은 모조리 가져온 탓에 배에는 밧줄 뭉치, 빨랫줄, 낚싯줄, 닻줄이 가득했다. (물론 저마다 쓰임새가 다른 줄이었다. 하지만 줄이란 늘 이렇게도 저렇게도 쓸 수 있는 법이다.)

무민파파는 불 꺼진 분화구를 상상하며 추론을 더 발전시켜서 이 깊은 호수가 지구 한가운데까지 이어지지 않았을까 생각했다. 마침내 무민파파는 다락방에서 찾은 낡은 방수 수첩에 이런 생각을 적어 내려가기 시작했다. 수첩에는 등대지기가 적어 놓은 글도 몇 장 있었는데, 띄엄띄엄 작게 써 놓은 글은 마치 거미가 종이 위를 기어 다니는 듯이 보였다.

무민파파가 읽어 보았다.

"외따로 떨어진 천칭자리, 달은 일곱 번째 집에 서 있다. 토성과 화성이 만난다."

어쨌거나 등대지기에게도 손님은 있었던 듯싶었다. 그들이 등대지기를 즐겁게 해 주었으리라. 나머지는 대부분 숫자였다. 무민파파는 이해할 수 없는 숫자였다. 무민파파는 방수 수첩을 뒤집어 맨 뒤쪽부터 써 내려가기 시작했다.

무민파파는 새까만 석호 지도를 가장 많이 그렸는데, 위에서 본 모습, 옆에서 본 모습을 그리고 복잡한 원근법을 설명하고 계산하는 데 빠져들었다.

무민파파는 점점 자신의 조사 이야기를 하지 않게 되었다. 시간이 좀 더 지나자, 호수 바닥을 조사하는 대신 등대지기의 바위 턱에 앉아 깊은 생각에 빠졌다.

가끔 무민파파는 방수 수첩에 뭔가 끄적거리곤 했는데, 석호나 바다 이야기였다.

이렇게 쓰기도 했다. '예전에는 미처 몰랐던 사실인데 해류란 이상하고도 훌륭하다.' 또는 '파도는 늘 경탄을 자아내게 한다……' 그러고 나면 무민파파는 수첩을 덮고 상상의 세상에 깊이 빠져들었다.

안개가 섬에 가까워지기 시작했다. 바다에서부터 천천히 밀려온 안개는 눈치 채기도 전에 다가들었다. 희뿌연 잿빛 안개가 갑자기 온 세상을 삼켜 버렸고, 등대지기의 바위 턱에 혼자 앉아 있던 무민파파는 부드러운 양털로 뒤덮인 빈 공간에 혼자 버려진 기분이었다.

무민파파는 안개 속에 숨을 수 있어 좋았다. 깜빡 잠이 들었던 무민파파는 갈매기 울음소리에 번쩍 눈을 뜨고 일어나 나와 정처 없이 섬을 거닐며 해류와 바람, 폭풍과 비는 어떻게 만들어지는지 그리고 아무도 닿지 못한 깊은 바닷속 구멍이 어떨지 생각했다.

무민마마는 배에 닿을 만큼 고개를 푹 숙인 무민파파가 생각에 잠겨 안개 속에서 나타났다 사라졌다 하는 모습을 바라보았다.

무민마마는 생각했다.

'저이가 자료를 모으고 있나 보네. 말했던 대로 말이야. 수첩이 자료로 가득 찼을지도 모르겠어. 저이 일이 끝나면 얼마나 후련할까!'

무민마마는 접시에 알록달록 줄무늬가 난 사탕 다섯 개를 담았다.

그런 다음, 접시를 절벽에 있는 무민파파의 바위 턱에 올려놓았다.

무민은 시로미* 수풀에 앉아 무민마마가 마실 물로 쓰는 연못을 들여다보고 있었다. 갈색의 맑은 물에 담근 편자가 금빛으로 반짝였다. 연못에는 시로미와 풀잎이 뒤집혀 보이는 자그마한 풍경이 펼쳐졌다. 나무줄기들은 안개 속에서도 아름답고 선명하게 비쳤고, 땅딸막한 벌레가 기어가는 모습도 뚜렷이 보였다.

무민은 누구에게든 해마 이야기를 하고 싶은 마음이 점점 더 커져 갔다. 생김새라도 이야기하고 싶었다. 하다못해 해마란 보통 어떤지라도 이야기하고 싶었다.

---

* **시로미**(Crowberry)_ 시로밋과의 상록 관목으로 줄기가 땅으로 뻗어 난다. 주로 고산 지대에서 자란다.—옮긴이

 벌레 두 마리가 풀줄기를 기어가고 있었다. 무민은 연못을 휘저어 자그마한 풍경을 없애 버렸다. 자리를 털고 일어난 무민은 덤불 쪽으로 향했다. 덤불숲 가장자리에 이끼밭을 밟아 다진 움푹한 길이 나 있었는데, 바로 이곳에 미이가 사는 듯했다. 안쪽에서 부스럭대는 소리로 보아 미이는 집에 있었다.

 한 발 다가간 무민은 비밀을 털어놓고 싶은 마음이 솟구쳐 목이 꽉 매었다. 몸을 구부리고 나뭇가지 아래로 기어 들어갔다. 그곳에 미이가 작은 공처럼 몸을 말고 앉아 있었다.

 무민이 얼빠진 목소리로 말했다.

 "안에 있을 줄 알았어."

 무민은 이끼 위에 앉아 미이를 바라보았다.

 미이가 물었다.

"손에 든 건 뭐야?"

"아무것도 아냐."

이렇게 대답한 무민은 말문이 막혀 버렸다.

"그냥 지나가는 길에 들렀어."

미이가 말했다.

"하."

무민은 날카롭게 파고드는 미이의 눈길을 피하려고 이쪽저쪽으로 눈을 돌렸다. 미이의 비옷이 저쪽 나뭇가지에 걸려 있었다. 자두와 건포도가 든 잔도 하나 있었다. 주스 병 하나 그리고······.

무민은 뛸 듯이 놀라 몸을 앞으로 숙였다. 바닥으로 뻗은 나무덩굴 아래로 매끈한 갈색 전나무 잎이 깔려 있었고, 짙게 낀 잿빛 안개에 가려진 저만치에 조막만 한 십자가가 줄지어 선 광경이 보였다. 부러진 나뭇가지를 굵은 실로 동여매서 만든 십자가였다.

무민이 소리쳤다.

"대체 무슨 짓을 했어?"

미이가 무척 재미있어 하며 말했다.

"내가 적수라도 묻어 놓은 줄 아는 모양이지. 새 무덤이야. 누가 저기에 새를 엄청 묻어 놨어."

무민이 물었다.

"네가 어떻게 알아?"

미이가 대답했다.

"확인했거든. 첫날 등대에서 찾은 조그맣고 새하얀 뼈랑 비슷했어. 『주인을 잃은 뼈들의 복수』 말이야."

한참 뒤에야 무민이 입을 열었다.

"등대지기가 그랬겠지."

미이가 고개를 끄덕이자 올려 묶은 머리가 달랑거렸다.

무민은 천천히 말을 이었다.

"새들이 등댓불로 날아들었겠지. 새들은 그러곤 해. 그러다 죽기도 하고. 등대지기는 아침마다 죽은 새들을 주워야 했겠지. 시간이 갈수록 더 슬퍼졌을 테고. 그래서 어느 날, 등대지기는 불을 끄고 떠나 버렸지……. 너무 끔찍한 이야기야."

미이가 하품을 하더니 말했다.

"오래전 일인데, 뭐. 등댓불도 꺼졌고."

무민은 얼굴을 찌푸리며 미이를 바라보았다.

미이가 말했다.

"넌 뭐든 너무 불쌍하게 생각해서 문제야. 그만 가 봐. 한숨 자야겠으니까."

덤불에서 나온 무민은 손을 펴고 편자를 보았다. 아무 말도 하지 못했다. 무민은 해마를 마음속에 담아 두었다.

달도 없는 밤이었고 남포등도 켤 수 없었다. 그래도 무민은 혹시 몰라 바닷가 모래밭에 갈 수밖에 없었다. 편자와 선물도 챙겼다.

무민은 밤눈이 밝아져서 해마가 이야기 속 주인공처럼 안개를 뚫고 나오는 모습을 보았다. 모래밭에 편자를 내려놓은 무민은 숨이 멎을 듯했다.

거뭇한 윤곽이 춤추듯 가벼운 발걸음으로 목을 구부리며 다가왔다. 해마는 여느 숙녀들이 그렇듯, 무민의 반대쪽으로 고개를 돌린 채 무심한 척 은으로 된 편자에 발을 끼우더니 발에 딱 맞게 고정될 때까지 기다렸다.

무민이 조심스럽게 말했다.

"앞머리가 멋진걸. 나도 앞머리가 있는 친구가 있어. 그 친구도 언제 여기 와서 인사할지도 모르겠어……. 네가 좋아할 만한 친구들이 많아."

해마는 관심 없다는 듯이 말 한마디 없었다.

무민은 다시 말을 걸었다.

"섬은 밤에 훨씬 아름다워. 여긴 우리 아빠의 섬이지만, 우리가 평생 여기에서 살지는 잘 모르겠어. 가끔은 섬이 우리를 좋아하지 않는다는 생각이 들지만 나아질지도 모르지. 무엇보다 섬이 아빠한테 마음을 열어야겠지……."

해마는 귀담아듣지 않았다. 무민 가족에는 관심 없었다.

그러자 무민은 가져온 선물을 모래밭에 쏟아 놓았다. 해마는 그제야 가까이 다가와 킁킁거리며 냄새를 맡았지만 여전히 아무 말도 없었다.

마침내 무민이 할 말을 찾았다.

"네 춤은 정말 아름다워."

해마가 대답했다.

"그래? 날 기다리고 있었어? 날 기다렸어?"

무민이 소리쳤다.

"내내 기다렸어! 기다리고 또 기다리면서 바람이 심한 날은 걱정하기도 했어……. 끔찍한 위험에서 널 구해 주고 싶었어! 나 혼자 지내는 곳에 네 그림도 걸어 놨어. 거기에는 그 그림 말고는 아무것도 두지 않으려고……."

해마가 귀 기울여 들었다. 무민은 말을 이었다.

"넌 내가 이제껏 봤던 그 무엇보다 아름다워."

바로 그 순간, 그로크가 울기 시작했다.

저 멀리 안개 속에 앉은 그로크가 등불을 기다리며 울었다.

작은 해마가 옆으로 껑충 뛰어올랐다가 떠나 버렸다. 낭랑한 웃음소리만이 길게 꿴 진주처럼 오래도록 들려오다가 해마가 바다로 돌아간 뒤, 진주가 흩어지듯 소리도 사라졌다.

그로크는 안개를 헤치고 곧장 무민 앞으로 나왔다. 무민은 뒤돌아 달렸다. 하지만 오늘 밤 그로크는 바닷가에 머무르지 않고 무민을 따라 히스 벌판을 지나 등대 바위까지 쫓아 올라왔다. 무민은 거대한 잿빛 얼룩 같은 그로크가 휘청휘청 다가오는 모습도 보았고, 등대 바위 아래에 주저앉아 기다리는 모습도 보았다.

무민은 등대로 들어가 문을 닫고 나선형 계단을 달려 올라갔다. 배 속에 불이라도 난 듯 화끈거렸다. 그로크가 섬 한가운데까지 올라오다니, 걱정하던 일이 벌어졌다!

무민파파와 무민파파는 깨지 않았고, 방 안은 고요했다. 하지만 열린 창문으로 거센 불안이 새어 들었고, 섬은 잠결에 몸을 뒤척이며 중얼거리고 있었다. 무민은 사시나무 잎이 겁에 질려 떠는 소리를 들었고, 이제는 갈매기들이 소리를 내지르기 시작했다.

무민마마가 물었다.

"잠이 안 오니?"

무민은 창문을 닫고 말했다.

"자다 깼어요."

그러고는 잔뜩 굳은 얼굴로 침대로 기어들었다.

무민마마가 말했다.

"추워졌구나. 통나무를 켜 놓아서 정말 다행이야……. 춥니?"

무민이 말했다.

"아뇨."

등대 아래에는 차디찬 그로크가 앉아 있었다. 그로크는 땅이 얼어붙을 만큼 끔찍하리만치 차갑고……. 이제 다시 시작되었다. 그로크 생각이 스멀스멀 올라와 좀체 떨쳐 버릴 수가 없었다. 절대로 따뜻해질 수도 없고, 아무도 좋아하지 않고, 어디든 가 닿기만 하면 모두 망쳐 버리고 마는 누군가를 상상하기란 너무도 쉬웠다. 그로크가 돌아다닌다는 사실을 다른 누구도 모르는데 혼자 알고 책임져야 하다니 불공평했다. 그로크는 따뜻해질 수도 없는데!

무민마마가 물었다.

"무슨 기분 나쁜 일이라도 있니?"

무민이 대답했다.

"아니에요."

무민마마가 말했다.

"내일은 또 다른 긴 하루란다. 시작부터 끝까지 나만을 위한 하루. 참 즐거운 생각이지?"

잠시 뒤, 무민은 엄마가 잠들었다는 사실을 알아차렸다. 무민은 쓸데없는 생각은 모두 얼른 털어내고 저녁마다 하는 상상 놀이를 하기로 했다. 모험 놀이와 구출 놀이 사이에서 잠시 고민하다가 좀 더 마음에 와 닿는 구출 놀이로 결정했다. 무민은 눈을 감고 머릿속을 비웠다. 그런 다음 폭풍을 상상했다.

무민 가족이 사는 섬과 무척 비슷한 황량한 암초 바닷가에 어마어마한 바람이 불고 있었다. 모두들 바닷가 주위를 뛰어다니며 팔을 휘둘러 댔다. 먼바다에서 누가 구조 요청을 하고 있었다……. 아무도 구하러 갈 엄두를 내지 못했고, 구하러 갈 수도 없었다. 배를 띄우자마자 산산조각이 날 듯했다.

요즘 무민이 구할 이는 무민마마에서 해마로 바뀌었다.

'은으로 된 편자를 단 그 작은 해마가 바다에서 힘겹게 싸우고 있어. 바다뱀을 상대한다고 할까? 아니, 아니야. 폭풍이면 돼.'

하늘은 폭풍이 휘몰아치며 노란빛이 되었다. 그리고 드

디어, 단단히 마음먹은 무민이 이제 바닷가를 가로질러 배로 달려갔다……. 모두 안 된다고, 멈추라고, 절대 성공할 수 없다고, 바다가 삼켜 버리고 말 거라고 소리를 질러 댔다. 무민은 모두 밀쳐내고 바다에 배를 띄워 노를 젓고 또 저었다……. 새까만 이빨 같은 바위섬이 곳곳에 솟아 있었지만 무민은 전혀 겁내지 않았다. 등 뒤로 바닷가에서 미이가 소리쳤다.

"무민이 얼마나 용감한지 이제 알게 되다니! 세상에, 이렇게 늦게 알게 되다니 너무 후회돼……."

스너프킨은 담뱃대를 물고 중얼거렸다.

"내 오랜 친구여……. 안녕."

하지만 무민은 끈질기게 달려들어 막 가라앉기 시작한 그 작은 해마에게 다가갔다. 무민이 구해 배에 눕힌 해마

는 흠뻑 젖어 노란 털 뭉치처럼 보였다. 무민은 저 멀리 인적 드문 바닷가까지 안전하게 해마를 데려가 뭍에 오르도록 도와주었다. 해마가 속삭였다.

"정말 용감하구나. 나를 위해 목숨을 걸 용기를 내다니……."

그러자 무민은 가벼운 미소를 지으며 말했다.

"이제 그만 갈게. 난 내가 가야 할 길이 있어. 그럼 안녕."

해마는 휘둥그레진 눈으로 무민을 바라보며 말했다.

"아니, 이렇게 그냥 가?"

그렇지만 무민은 해마를 향해 가볍게 손을 흔든 다음, 혼자 폭풍 속 바위섬 너머로 점점 작아져 갔다……. 바닷가에 모여 있던 이들이 모두 놀라고, 이 이야기는 입에서 입으로 퍼져 나가…….

하지만 이쯤에서 무민은 잠들었다. 포근한 붉은 담요를 덮고 만족스러운 한숨을 내쉬더니 잠에 빠져들었다.

무민파파가 물었다.

"달력이 어디 갔지? 표시해야 해. 중요한 일인데."

미이가 창문을 넘어 들어오면서 말했다.

"왜요?"

무민파파가 설명했다.

"오늘이 무슨 요일인지 알아야지. 벽시계를 챙겨 오지 못해서 불편하단다. 그런데 오늘이 일요일인지 수요일인지조차 모르고 지낼 수는 없지. 그렇게는 못 살아."

미이는 지긋지긋하다는 듯이 코로 깊게 들이마셨던 숨을 잇새로 내뱉었는데, '그런— 바보— 같은— 소리는— 평생— 들어— 본— 적이— 없네요—.'라는 뜻이었다.

무민파파가 뜻을 알아차리고 화가 머리끝까지 치민 바로 그 순간, 무민이 말했다.

"제가 잠깐 빌려 갔어요."

무민파파가 말했다.

"이런 외딴섬에서 살아가려면 중요한 일 몇 가지를 해야 한단다. 무엇보다 중요한 일은 관찰인데, 주위에서 일어나는 모든 일을 주의 깊게 관찰하고 기록으로 남겨야 하지. 그 어떤 일도 우연히 벌어졌다고 그냥 넘겨 버리면 안 돼. 시간, 풍향, 수위까지 모든 일을 말이다. 지금 당장 달력을 다시 걸어 놓겠다고 약속하렴."

무민이 부루퉁하게 말했다.

"네, 알았어요. 알았다고요."

무민은 커피를 단숨에 들이켜고는 나선형 계단을 쿵쾅거리며 내려가 쌀쌀한 가을 아침 바깥으로 나갔다. 안개는 여전했다. 잿빛 안개 위로 거대한 기둥처럼 우뚝 솟은 등대는 꼭대기가 보이지 않았다. 위로는 가벼운 안개만 너울거렸고, 그 안에는 아무것도 모르는 무민 가족이 앉아 있을 터였다. 무민은 화도 나고 졸려서 그로크도 해마도 엄마 아빠도 전혀 신경 쓰고 싶지 않았다. 이 순간만큼은.

등대 바위를 내려가자마자 무민은 정신이 번쩍 났다. 걱정했던 일이 그대로 벌어졌다. 그로크가 섬 가운데에서도 하필 무민마마의 정원에 앉아 있었다. 무민은 그로크가 한 시간 넘게 앉아 있었을지 궁금해졌다. 그러지 않기만을 바랐다. 하지만 장미는 갈색으로 시들어 있었다. 잠깐 꺼림칙한 마음이 스쳤지만, 곧 다시 화가 나고 졸렸다.

'아빠들이란! 그놈의 달력! 가장자리에 줄 긋기가 다 뭐라고!'

어른들은 그 그림이 무민밖에 보지 못한 해마의 아름다움을 담아 낸 그림이라는 사실은 평생 절대 이해할 수 없으리라.

무민은 덤불숲을 기어 들어가서 나뭇가지에 걸어 놓았던 달력을 내렸다. 안개 때문에 달력이 쭈글쭈글해졌다. 가장자리에 붙여 놓았던 꽃을 떼어내고 멍하니 앉아 한동안 이런저런 생각에 빠져들었다.

그때 갑자기 한 가지 생각이 떠올랐다.

'여기로 이사해야겠어. 어른들은 어른들끼리 그 낡아 빠

진 등대에서 끔찍한 계단이나 끌어안고 살면서 며칠이나 지났는지 세어 보시라지.'

새롭고 위험천만하며 기막힌 생각이었다. 이 생각은 빈 터를 송두리째 바꿔 놓았는데, 거대한 외로움이 무민을 벽처럼 둘러싸더니 막연한 가능성으로 가득 찬 세계가 펼쳐졌다.

집으로 돌아가 달력을 서랍장 위에 다시 올려놓는 동안 무민의 다리는 뻣뻣하게 굳어 파르르 떨리기까지 했다. 무민파파는 곧장 달력으로 다가가서 꼭대기에 가위표를 그려 넣었다.

무민은 용기를 내어 방 안에 대고 말했다.

"섬 어딘가에서 혼자 좀 살아 볼까 해요."

무민마마가 건성으로 대답했다.

"밖에서? 그러렴. 그것도 괜찮지. 늘 하던 대로 침낭도 챙기고."

무민마마는 북쪽 창가에 앉아 꽃 덩굴을 그리고 있었다. 인동덩굴이었는데, 보기 좋기는 했지만 잎이 너무 많아 그리기가 까다로웠다. 무민마마는 자신이 인동덩굴을 제대로 떠올렸기를 바랐다. 인동덩굴은 바닷가에서는 자라지 않았고, 추워지지 않게 주의를 기울여야 했다.

무민이 메마른 목소리로 말했다.

"엄마. 이번엔 전이랑 달라요."

하지만 무민마마는 제대로 듣지 못한 채 조그맣게 뭐라고 격려하고는 계속 그림을 그렸다.

무민파파는 표시해 놓은 가위표가 몇 개인지 헤아리느라 바빴다. 금요일 표시가 맞는지 자신이 없었다. 목요일에 가위표를 그려 넣지 않고 넘어가서 금요일에 표시를 두 번 했을지도 몰랐다. 뭔가가 무민파파의 기억을 흐트러뜨리고 있었다. 금요일에 뭘 했던가? 한데 뒤섞인 날짜가 섬을 빙 도는 바닷가 길처럼 시작도 끝도 없이 아무리 걷고 또 걸어도 결국 제자리로 돌아오는 듯했다.

무민이 말했다.

"좋아요. 제 침낭을 가져갈게요. 남포등도요."

창밖으로 안개가 출렁거리며 스쳐 지나가자, 방도 따라 움직이는 듯했다.

무민마마가 혼잣말했다.

"파란색이 있어야겠는걸."

무민마마는 인동덩굴이 창틀에서 뻗어 나와 벽을 타고 올라가게 그려 놓았고, 하얀 벽에는 커다랗고도 정성스럽게 그린 꽃이 대담하게 피어 있었다.

제6장

삭

동틀 무렵, 무민마마는 등대 주위가 너무 고요해서 잠이 깼다. 바람이 바뀔 때 으레 그렇듯 갑자기 바람이 멎었다.

무민마마는 그대로 누워 오래도록 귀를 기울였다.

저 멀리 어두운 바다에서 부드러운 바람이 새로 불어오기 시작했다. 무민마마는 물 위를 걸어오기라도 하듯 파도도 일으키지 않고 다가드는 바람 소리를 들었다. 바람 소리는 끊이지 않고 점점 커지더니, 이제 섬에 닿았다. 열린 창문이 덜거덕거렸다.

무민마마는 자신이 무척 작게 느껴졌다. 베개에 얼굴을

파묻고 사과나무 같은 다른 생각을 하려고 했다. 하지만 그 대신 바람이 불어드는 바다가, 언제나 어디에나 있다가 불빛이 사그라지면 뭍으로 올라와 바닷가와 섬과 집을 점령해 버리는 바다가 눈앞에 그려졌다. 무민마마는 반짝이며 일렁거리는 물로 가득 찬 세상에서 방이 천천히 혼자 항해를 떠나는 느낌이 들었다.

섬이 자기 자리에서 벗어나 갑자기 어느 날 아침에 철썩이는 파도를 맞으며 무민 골짜기 부잔교 바깥쪽에 서 있다면 어떨까. 아니면 미끄러운 쟁반 위에 놓인 커피 잔처럼 몇 년 동안이나 멀리멀리 항해하며 나아가서 세상의 끝 너

머로 떨어져 버린다면······.

무민마마는 피식 웃으며 생각했다.

'미이가 신나 하겠네. 밤마다 미이는 어디에서 자나 몰라. 무민도 그렇고······. 엄마들도 밖에 나가서 자고 싶을 때가 있는데 그럴 수가 없어서 아쉬워. 특히 엄마들한테 필요한 일인데 말이야.'

무민마마는 늘 하던 대로 사랑하는 마음을 담아 무민에게 인사를 보냈다. 잠에서 깨 빈터에 누워 있던 무민은 엄마의 인사를 느끼고 귀를 쫑긋거리며 정답게 답했다.

달이 뜨지 않은 밤은 어두컴컴했다.

집 밖에서 자는 일을 두고 누구 하나 호들갑스럽게 굴지 않아서 무민은 마음이 홀가분한지 아니면 실망스러운지 제대로 알 수가 없었다.

저녁마다 차를 마시고 나면 무민마마는 양초 두 개를 식탁에 켜고 남포등은 무민이 가져가게 했다. 무민파파는 여느 때처럼 말했다.

"덤불숲에 불나면 안 되니까 잘 때 불은 꼭 끄렴."

늘 똑같았다. 아빠 엄마는 전혀 이해하지 못했다.

무민은 새로 불어드는 바람 소리를 들으며 생각했다.

'달이 뜨지 않네. 해마들은 오랫동안 돌아오지 않겠지.'

무민은 실망스럽다기보다는 마음이 한결 가벼워졌다. 멋

진 이야깃거리를 상상하고 해마가 어떻게 생겼는지 떠올리기만 하면 되었다. 이제 그로크에게 화낼 필요도 없었다. 그로크는 마음껏 불빛을 볼 수 있었다. 무민은 순전히 그럴 만한 이유가 있어서 밤마다 남포등을 들고 바닷가 모래밭으로 내려갈 뿐이라고 스스로에게 설명했다. 그로크가 섬으로 올라와 엄마의 장미를 얼리게 내버려둘 수는 없는 일이었다. 가족들이 그로크를 발견하게 할 수도 없었다. 또 한 가지, 그로크의 울음소리도 듣고 싶지 않았다. 그뿐이었다.

밤마다 무민은 모래밭에 불 밝힌 등불을 내려놓고 서서 그로크가 실컷 보는 동안 하품을 하며 기다렸다.

그로크는 불빛에 맞추어 자기만의 새로운 의식을 만들어 냈다. 한동안 불빛을 바라본 뒤에는 노래를 시작했다. 노래 같았다. 휘파람 같은 가느다란 흥얼거림이 머릿속으로, 눈으로, 배로 어디에나 깊숙이 파고드는 듯했다. 노래와 함께 그로크가 몸을 앞으로 뒤로 천천히 묵직하게 흔들면 쪼글쪼글하게 말라붙은 가죽 조각 같은 치맛자락이 위아래로 펄럭였다. 그로크의 춤이었다!

그로크가 무척 즐거워한다는 사실은 틀림없었다. 이 조금 우스꽝스러운 의식은 무민에게도 중요한 일이 되었다. 섬이야 어떻든 무민은 이 일을 계속할 생각이었다.

섬은 점점 더 겁을 냈다. 나무들은 속삭이며 몸을 떨었고, 시로미 수풀은 진저리를 치며 파도처럼 일렁였다. 땅바닥에 납작 드러누운 갯그령은 바스락거리며 땅속에서 뿌리를 뽑아내어 도망치려고 들었다. 그리고 그날 밤, 무민은 무서운 광경을 보았다.

바로 모래였다. 모래가 움직이기 시작했다. 무민은 그로크 발밑의 모래가 기어가는 광경을 똑똑히 보았다. 겁을 집어먹어 반짝이는 모래 한 무더기가 춤추는 그로크의 발에 밟혀 꽁꽁 얼까 봐 피해 기어가고 있었다.

그 모습을 본 무민은 남포등을 들고 비상구를 통해 덤불숲을 냅다 들어갔다. 침낭 속에 몸을 파묻고 잠을 청했다. 하지만 아무리 눈을 꼭 감아도 바다로 기어가는 모래가 아른거렸다.

다음 날, 무민마마는 단단한 모래흙에서 들장미 네 뿌리를 파냈다. 뿌리가 겁날 만큼 끈질긴 인내심으로 돌 사이사이를 비집고 들어가 자란 탓에 장미 덤불이 양탄자처럼 바위를 뒤덮고 있었다.

무민마마는 분홍빛 장미꽃이 잿빛 바위와 근사하게 잘 어울리겠다고 생각했지만, 갈색 정원에 장미를 옮겨 심을 때는 신중하지 못한 모양이었다. 줄지어 선 장미들이 불안해 보였다. 무민마마는 무민 골짜기에서 가져온 흙을 한 줌씩 덮어 주고 물을 준 다음, 잠시 그 옆에 앉아 있었다.

그때 무민파파가 눈을 부릅뜨고 달려와 소리쳤다.

"그 새까만 석호요! 석호가 숨을 쉬어요! 얼른 와서 좀 봐요!"

그러더니 냅다 뒤돌아 달려갔고, 무민마마는 영문도 모른 채 일어나 무민파파를 뒤쫓았다. 그런데 무민파파의 말이 옳았다.

새까만 수면이 천천히 오르락내리락하고 있었다. 위로 부풀어 올랐다가 아래로 가라앉는 모습이 깊은 한숨을 쉬는 듯했다. 새까만 석호가 숨을 쉬고 있었다.

절벽 너머에서 미이가 달려와 말했다.

"와, 드디어 일이 터지네요. 섬이 살아나고 있어요! 이럴 줄 알았다니까요."

무민파파가 말했다.

"유치하게 굴지 마라. 섬은 살아날 수가 없어. 바다가 살아 있다면 모를까……."

말을 멈춘 무민파파는 손으로 턱을 괴고 생각에 잠겼다.

무민마마가 걱정스럽게 물었다.

"이게 무슨 일일까요?"

무민파파가 말했다.

"나도 잘 모르겠군요. 생각을 더 해 봐야겠어요……. 떠오르는 생각이 있긴 한데―. 지금 또 움직여요!"

무민파파는 방수 수첩을 들고 절벽 너머로 걸어가기 시작했다.

무민마마가 꺼림칙한 눈으로 새까만 석호를 들여다보며 말했다.

"내 생각에는 말이지. 내 생각엔, 즐거운 마음으로 어디로든 진짜 소풍을 가야겠다 싶구나. 바구니에 먹을 걸 챙겨서."

무민마마는 짐을 꾸리러 곧장 등대 쪽으로 향했다.

소풍 때 필요한 짐을 모두 꾸리고 나자, 무민마마는 창문을 열고 징을 쳤다. 섬에서 징은 위급한 상황에만 치기로 했지만 무민마마는 미안하다는 생각도 없이 가족들이 모두 달려오는 모습을 바라보며 서 있었다.

이제 무민파파와 무민이 등대 아래에서 두리번거리고 있었는데, 위에서 보자니 둘 다 커다란 서양배 같아 보였다. 무민마마는 창턱을 붙든 채 창밖으로 몸을 내밀었다.

무민마마가 쾌활하게 말했다.

"진정해요. 불이 나진 않았어요. 하지만 지금 당장 소풍 가야겠어요."

무민파파가 소리쳤다.

"소풍이라고요? 당신, 어떻게 그럴 수가……."

무민마마가 소리쳐 대답했다.

"천장이 위험해요! 지금 당장 소풍 가지 않으면 천장의 물 새는 자리 때문에 우리 모두 잘못될지도 몰라요!"

그래서 소풍을 떠났다. 가족들은 모험호를 새까만 호수에서 있는 힘껏 끌어낸 다음, 구름이 잔뜩 낀 흐린 날씨에 거센 바람을 맞으며 힘겹게 노를 저어 북서쪽에 솟아오른 가장 큰 바위섬으로 갔고, 무민마마는 새하얀 바위섬에 자리 잡고 앉아 추위에 덜덜 떠는 가족들을 위해 돌과 돌 사이에 불을 지펴 커피를 끓였다. 무민마마는 모든 일을 예전과 똑같이 했다. 네 귀퉁이를 돌로 고정한 식탁보 위에 버터 단지와 잔, 알록달록한 꽃 같은 목욕가운 그리고 물론 양산도 올려놓았다. 커피가 준비되자 보슬비가 내리기 시작했다.

무민마마는 기분이 무척 좋아서 이런저런 소소한 이야기를 늘어놓으며 바구니를 뒤적이더니 샌드위치를 만들었다. 처음으로 손가방도 챙겨 왔다.

가족들이 자리 잡은 바위섬은 작고 풀 한 포기 없었으며, 하다못해 바닷말이나 갯그렁 하나 없이 미끈하기만 했다. 물 위로 솟아오른 잿빛 바윗덩이일 뿐이었다.

앉아서 커피를 마시는 동안 가족들은 갑자기 제자리에

와 있다는 느낌이 들었다. 모두 떠오르는 대로 온갖 이야기를 왁자지껄 떠들기 시작했지만, 바다와 섬과 무민 골짜기 이야기는 꺼내지 않았다.

그 자리에서 보자니 거대한 등대가 있는 섬은 잿빛으로 변해 아득하고 그림자처럼 낯설어 보였다.

커피를 마신 뒤, 무민마마는 잔을 바닷물에 헹구고 짐을 꾸려 모두 바구니에 챙겨 담았다. 무민파파는 물가로 내려가 킁킁거리며 바람 냄새를 맡더니 말했다.

"빗줄기가 더 굵어지기 전에 이제 그만 집으로 돌아갑시다."

소풍 때마다 무민파파는 늘 그래 왔다. 가족들은 짐을 배에 실었고, 미이는 뱃머리로 기어올랐으며, 순풍을 맞으며 집으로 돌아왔다.

모험호는 바닷가 모래밭 위로 끌려 올라갔다.

돌아왔을 때 섬은 어딘가 바뀌어 있었는데, 모두 눈치 챘지만 아무도 말을 꺼내지 않았고, 무엇이 바뀌었는지도 깨닫지 못했다. 길을 떠났다가 돌아와서 생긴 변화일지도 몰랐다. 가족들은 모두 등대로 곧장 올라가 퍼즐을 맞추며 저녁 시간을 보냈고, 무민파파는 작은 부엌용 선반을 벽난로 옆에 달았다.

그 소풍으로 가족들은 좋았을지 몰라도 무민마마는 울적해졌다. 그날 밤, 무민마마는 가족들과 무민 골짜기 앞바다에 있는 숲이 우거지고 아늑한 여름 섬인 해티패터들의 섬으로 소풍 가는 꿈을 꾸었는데, 다음 날 아침 눈을 뜨고 나서 우울해졌다.

커피를 마신 뒤 혼자 남은 무민마마는 식탁에 우두커니 앉아 창틀에서부터 벽으로 뻗어 나간 인동덩굴을 바라보았다. 거의 다 써 버린 아닐린 펜은 무민파파가 날짜를 표시하거나 방수 수첩에 글을 쓸 수 있을 만큼은 남겨 놓아야 했다.

무민마마는 벌떡 일어나 다락방으로 올라갔다. 그물을 염색하는 데 쓰는 갈색, 파랑색, 초록색 물감 세 통과 배가 녹슬지 않게 하는 안료 한 통, 검댕 조금과 낡은 붓 두 개를 찾아 들고 내려왔다.

그러고 나서 무민마마는 벽에 꽃을 그리기 시작했다. 붓이 큰 탓에 꽃도 크고 화려하게 그려졌고, 물감은 석회 벽에 그대로 스며들어 깊이가 있으면서도 맑아 보였다. 세상에, 정말이지 말로 표현할 수 없이 아름다웠다! 게다가 톱질보다 백배는 더 재미있었다. 장미, 금잔화, 팬지, 작약이 벽에 한 송이, 또 한 송이 피어났다……. 무민마마는 자신이 이렇게 아름다운 그림을 그렸다는 사실에 깜짝 놀

랐다. 바닥 쪽으로는 바람에 일렁이는 풀밭을 그렸고, 꼭대기에는 태양을 그리고 싶었지만 노란색 물감이 없어 어쩔 수 없었다.

가족들이 아침밥을 먹으러 왔을 때, 무민마마는 벽난로에 불조차 피우지 않고 있었다. 상자 위에 올라서서 갈색 벌의 푸른 눈을 그리느라 바빴다.

무민이 소리쳤다.

"엄마!"

무민마마는 벌의 다른 한쪽 눈을 조심스럽게 마무리하면서 만족스럽게 물었다.

"어떠니?"

붓이 너무 커서 뭔가 새로운 방법을 찾아야 했다. 정 안 되면 덧칠을 해서 날아가는 새로 만들 수도 있었다.

무민파파가 말했다.

"진짜 같네요. 여기 이 꽃들은 알아보겠어요. 저건 장미군요."

상처받은 무민마마가 말했다.

"아뇨. 그건 작약이에요. 계단 앞에 자란 빨간 꽃들이 장미고요."

미이가 소리쳤다.

"저도 고슴도치 그려 볼래요!"

하지만 무민마마는 고개를 저었다.

"안 돼. 이건 내 작품이란다. 하지만 말을 잘 들으면 고슴도치 한 마리쯤은 그려 줄 수도 있지."

아침 식사 때는 무척 화기애애했다.

무민파파가 말했다.

"저 빨간 안료 좀 빌릴게요. 다시 수위가 높아지기 전에 등대 바위에 지금 수위를 표시하고 해수면 변화를 제대로 확인하려고요. 당신도 알겠지만 바다가 어떤 '규칙'에 따라 움직이는지, 아니면 그때그때 다른지 알아보고 싶거든요……. 중요한 일이죠."

무민마마가 물었다.

"자료는 많이 모았어요?"

"꽤 많이 모았지요. 하지만 이걸 글로 쓰려면 지금까지 모은 만큼 자료가 더 필요해요."

무민파파는 식탁 위로 몸을 숙이며 비밀스러운 목소리로 말했다.

"바다가 정말 고약한 녀석인지, 아니면 누가 시키는 대로 따를 뿐인지 알아내야겠어요."

눈이 휘둥그레진 무민이 물었다.

"누가 시켜요?"

하지만 무민파파는 조개처럼 입을 다물고 수프에만 집

중했다. 무민파파가 웅얼거렸다.

"뭔가 말이다. 뭔가…… 규칙 같은 어떤 것 말이다."

무민파파는 식사를 마치자마자 잔에 붉은 안료를 조금 덜어 낮은 수위를 표시하러 나갔다.

이제 사시나무들은 모두 붉게 물들었고, 빈터에는 자작나무 낙엽이 수북이 쌓여 노란 양탄자가 깔린 듯했고, 빨갛고 노란 낙엽들은 남서풍을 타고 바다 저편으로도 날아갔다.

무민은 위험한 일을 저지르려는 악당처럼 남포등 갓의 삼면을 검댕으로 칠했다. 무민이 등대 주위를 한 바퀴 돌아보자, 등대도 멍하니 무민을 바라보았다. 다시 밤이 되었고 섬이 깨어났다. 섬의 움직임이 느껴졌고, 곶에서는 바닷새들이 울었다.

무민은 생각했다.

'어쩔 수 없잖아. 아빠도 아셨다면 이해하셨겠지. 그렇지만 오늘 밤에는 모래가 기어가는 모습은 못 보겠어. 대신 동쪽 곶으로 가야지.'

무민은 남포등의 불빛이 바다 쪽으로 향하게 놓고 바위 위에 앉아 기다렸다. 어둠이 섬을 뒤덮었지만 그로크는 오지 않았다.

미이만 무민을 보았다. 미이는 그로크도 보았다. 그로크는 바닷가 모래밭에 앉아 기다리고 있었다.

미이는 어깨를 으쓱하고는 이끼밭 속으로 기어 들어갔다. 미이는 멍청하게 저마다 다른 장소에서 서로를 기다리며 마음 아파하는 이들을 가끔 보곤 했다. 그런 일은 그냥 그러려니 할 뿐 어쩔 수가 없었다.

구름이 뒤덮인 밤이었다. 무민은 모습을 보지는 못했지만 새들이 날아가는 소리를 듣고, 등 뒤의 석호에서 물장구치는 소리가 나자 뒤돌아보았다. 곧게 뻗은 불빛 한 줄기가 새까만 물 위를 비추자 해마들이 보였다. 해마들은 절벽 저 아래에서 헤엄을 치고 있었는데, 어쩌면 밤마다 이곳에 와 있었지만 무민이 몰랐을 수도 있었다.

해마들은 깔깔대고 웃으며 서로 물을 튀기다 늘어뜨린 앞머리 사이로 무민과 눈이 마주쳤다. 무민은 두 해마를 번갈아 바라보았지만 눈도 똑같았고, 목에 있는 꽃무늬도 똑같았고, 작고 도도한 머리까지도 똑같았다. 무민은 누가 자신의 해마인지 알 수가 없었다.

무민이 물었다.

"너니?"

해마들은 바다와 통하는 쪽으로 헤엄쳐 갔는데, 물이 무릎까지 차는 곳이었다.

두 해마가 모두 자지러질 듯이 웃으며 대답했다.
"나야! 나라니까!"
해마 하나가 물었다.
"날 구해 주지 않으려고? 작고 통통한 해삼아, 날마다 내 그림 보고 있어? 보고 있어?"
다른 해마가 말했다.
"쟤는 해삼이 아니야. 바람이 심할 때 날 구해 주기로 한 작디작은 찹쌀떡버섯이지. 엄마한테 줄 조개껍질을 찾아 다니는 작은 찹쌀떡버섯이라니까. 웃기지! 웃기지!"

무민은 눈시울이 뜨거워졌다.

무민마마가 편자를 가루비누로 닦아 광을 내 놓았다. 은으로 된 편자 가운데 하나는 다른 편자보다 훨씬 반짝일 터였다.

하지만 해마들이 물속에서 발을 들어 올려 줄 리 없었고, 무민은 둘 중 누가 자신의 해마인지 영영 알 수 없으리라.

이제 해마들은 바다로 향하고 있었다. 무민은 해마들의 웃음소리를 듣고 있었는데, 웃음소리가 점점 멀어져 가더니 마침내 바닷가를 스치는 바람 소리만 남았다.

무민은 바위에 드러누워 하늘을 바라보았다. 더는 해마를 떠올릴 수가 없었다. 해마를 떠올리려고만 하면 똑같이 생긴 해마 두 마리가 조그맣게 웃는 모습이 아른거렸다. 바닷속에서 이리저리 뛰어다니는 해마조차 떠올릴 수가 없었다. 두 마리가 점점 여러 마리로 늘어나 결국에는 몇 마리인지 셀 수 없을 지경이 되어 버렸다. 무민은 혼자 잠들고 싶다는 생각밖에 들지 않았다.

무민마마의 벽화는 점점 더 아름다워졌다. 이제 문 앞까지 나아간 무민마마는 활짝 핀 꽃과 함께 열매도 주렁주렁 달린 커다란 사과나무를 그렸고, 나무 아래 풀밭에는 떨어진 사과도 몇 알 그려 넣었다. 여기저기로 뻗어 나간 장미 덤불에는 큰 정원에 잘 어울리는 빨간 장미가 피었다. 덤불 주위로는 흰 조개껍질이 둥글게 둘러져 있었다. 초록색 우물과 갈색 장작 창고도 있었다.

노을빛이 벽을 가득 채우던 어느 저녁, 무민마마는 베란다 한 귀퉁이를 그려 넣었다.

무민파파가 들어와 바라보다 물었다.

"바위도 그리지 그래요?"

무민마마가 건성으로 대답했다.

"여기에 바위는 없어요."

무민마마는 베란다 난간을 그리고 있었는데, 선을 곧게 그리기가 어려웠다. 무민파파가 이어 말했다.

"그건 수평선인가요?"

무민마마가 고개를 들고 말했다.

"아뇨. 푸른 베란다를 그리려고요. 여기 어디에도 바다는 없어요."

무민파파는 오랫동안 아무 말도 하지 않고 바라보기만 했다. 그러더니 찻물을 불에 올리러 갔다.

무민파파가 돌아보았을 때, 무민마마는 큼지막한 파란

점을 그린 다음, 그 위에 배와 비슷하게 생긴 뭔가를 그려 넣었다. 무슨 그림인지 전혀 알아볼 수가 없었다.

무민파파가 말했다.

"여보, 그 부분은 제대로 되지 않은 듯싶군요."

주눅 든 무민마마가 고개를 끄덕였다.

"생각대로 되질 않았어요."

무민파파가 위로했다.

"틀림없이 아름다운 풍광을 생각했겠지요. 그렇지만 다시 베란다로 바꾸는 편이 낫겠어요. 당신이 그리고 싶은 것 말고 다른 걸 그리니 잘 안 되나 봐요."

그날 저녁부터 무민마마의 벽화는 점점 더 무민 골짜기를 닮아 갔다. 원근을 표현하기 어려워서 세세한 부분은 다른 자리에 따로 그리기도 했다. 이를테면 거실과 화덕 같은 부분이 그랬다. 모든 방을 고스란히 옮길 수는 없었다. 한 번에 한쪽 벽씩 그려 나갔는데, 자연스러워 보이지는 않았다.

무민마마는 땅거미가 지기 바로 전에 그림이 가장 잘 그려졌는데, 텅 빈 등대에 혼자 남아 있을 때 무민 골짜기가 가장 또렷이 떠올랐다.

어느 날 저녁, 서쪽 하늘이 불타오르듯 붉게 물들며 무민마마가 이제까지 본 가운데 가장 강렬한 해넘이가 시작되었다. 빨간빛과 주황빛, 분홍빛과 노란빛으로 불길이 펼쳐지고, 바람 부는 어두운 바다 위로 구름이 불꽃 같은 빛깔로 물들었다. 이제 칠흑 같이 어두운 수평선에서부터 섬으로 곧장 남서풍이 불어들고 있었다.

무민마마는 식탁 위에 올라서서 붉은 안료로 나무 꼭대기에 사과를 그려 넣고 있었다. 무민마마가 바깥을 물들인 빛깔과 같은 색깔 물감을 가지고 있었더라면, 사과도 장미도 하늘빛처럼 황홀한 색이 되었으리라!

무민마마가 벽화 속 하늘을 들여다보는 동안, 저녁노을이 벽 위를 기어오르며 무민마마의 정원에 핀 꽃을 환히 비추었다. 꽃이 살아나 빛을 내기 시작했다. 정원이 열렸는데, 구불구불하게 나 있던 길이 희한하게도 진짜처럼 곧게 뻗어 베란다 앞까지 이어졌다. 무민마마가 손을 뻗어 나무에 대 보니, 나무는 햇살을 받아 따뜻했고, 라일락꽃도 피어난 느낌이 들었다.

창밖으로 뭔가가 지나간 듯 그림자 하나가 번개처럼 쏜살같이 벽을 스쳤다. 거대한 검은 새 한 마리가 등대 주위를 맴돌고 있었는데, 등대 안을 흘깃거리며 이쪽 창문에서 저쪽 창문으로, 서쪽에서 남쪽으로, 동쪽으로, 북쪽으로…… 잔뜩 화난 듯이 긴 날개를 펄럭이며 쉬지 않고 날고 있었다.

무민마마는 어쩔 줄 몰라 하며 생각했다.

'이제 꼼짝없이 갇혔네. 이건 마법의 원이야. 무서워. 집으로 돌아가고 싶어……. 이 끔찍하고 텅 빈 섬이나 고약한 바다를 떠나 집으로 돌아가고 싶어…….'

무민마마는 자신의 사과나무를 끌어안고 눈을 감았다. 나무껍질은 거칠었지만 따뜻했다. 바다 소리는 사라졌다. 무민마마는 자신의 정원에 들어가 있었다.

이제 방 안은 텅 비었다. 식탁 위에는 물감 통이 남아 있었고 창밖에서는 바다제비가 빙글빙글 돌며 혼자만의 춤을 추고 있었다. 서쪽 하늘이 어두워지자, 바다제비는 바다로 날아가 버렸다.

차 마실 시간이 되었고 가족들이 집으로 돌아왔다.

무민이 물었다.

"엄마는 어디 계세요?"

무민파파가 말했다.

"물 뜨러 가셨나 보지. 엄마가 그새 나무 한 그루를 더 그리셨구나."

무민마마는 사과나무 뒤에 숨어 가족들이 차를 준비하는 모습을 지켜보았다. 수면 아래에서 움직이는 뭔가를 바라보듯 조금 뿌예 보였다. 무민마마는 지금 벌어진 일에 놀라지 않았다. 모두 제자리에 있고 제대로 자라나는 자신의 정원에 마침내 들어와 있었다. 한두 가지는 조금 잘못 그려졌지만 상관없었다. 무민마마는 길게 자란 풀밭에 앉아 강 너머 어디선가 우는 뻐꾸기 소리에 귀를 기울였다.

 찻물이 끓기 시작하자, 무민마마는 사과나무에 머리를 기대고 깊은 잠에 빠졌다.

제7장
남서풍

땅거미가 질 때 어부는 이제 근사한 파도가 밀려오겠다고 생각했다. 어부는 배를 곶 위로 높이 끌어올려 뒤집고 낚싯대와 함께 단단히 묶어 놓았다. 그런 다음 시멘트로 만든 집 안으로 기어 들어가 잿빛 쪼글쪼글한 몸을 공처럼 웅크리고 오롯한 고독을 맞았다.

어부는 바람 가운데에서도 남서풍을 가장 좋아했다. 막 불기 시작한 바람은 밤이 되어도 잦아들지 않았다. 가을 남서풍은 파도가 잿빛 거대한 산처럼 섬에 몰아칠 때까지 몇 주 동안이나 불어 대곤 했다.

어부는 집에 앉아 파도가 점점 높아지는 광경을 바라보았다. 더는 걱정거리가 없다는 사실은 축복이라고 할 만큼 멋졌다. 말을 걸거나 뭔가를 물어보는 이도 없고, 누구도 무엇도 신경 쓰지 않았다. 이해할 수도 가 닿을 수도 없는 거대한 하늘과 바다만이 어부를 덮치고 지나갈 뿐이니 실망할 일도 없었다.

어둠에 잠길 무렵, 바위를 미끄러져 넘어온 무민 때문에 그 오롯한 고독이 깨지고 말았다. 무민은 손을 흔들며 부산을 떨더니 급기야 창문을 두드리며 엄마가 사라져 버렸다고 소리를 질러 댔다. 어부는 미소를 지으며 고개를 저었다. 유리창은 무척 두꺼웠다.

무민은 바람을 타고 날아가기라도 할 듯이 두 팔을 펄럭이며 파도가 하얗게 부서지는 바닷가를 헤치고 돌아가 엄마를 찾으러 히스 벌판 쪽으로 갔다.

무민파파가 내지르는 고함 소리가 들렸고 바위 위를 더듬더듬 기어 올라가는 남포등 불빛도 보였다. 오늘 밤, 두려움으로 가득 찬 섬은 속삭이고 비명을 질렀으며, 내달리는 무민의 발아래로는 땅이 움직였다.

무민은 생각했다.

'엄마가 사라졌어. 너무 외로워서 떠나셨어.'

돌밭에는 미이가 웅크리고 앉아 있었다.

"봤어? 돌멩이들이 움직여."

무민이 소리쳤다.

"관심 없어. 엄마가 없어졌다고!"

미이가 말했다.

"엄마들은 그렇게 갑자기 사라지지 않아. 어디 구석에 계실 테니 잘 찾아보면 돼. 섬이 몽땅 기어서 도망쳐 버리기 전에 난 가서 눈 좀 붙여야겠어. 여긴 이제 곧 아수라장이 될 걸. 정말이라니까!"

이제 무민파파의 고함 소리가 들리고 새까만 석호 주위로 남포등 불빛도 보였다. 무민이 그쪽으로 가자 무민파파가 등불을 들고 무민을 돌아보았다.

"저 아래로 굴러 떨어지진 않았겠지……."

무민이 말했다.

"엄마는 수영할 줄 알잖아요."

무민과 무민파파는 잠시 아무 말 없이 마주 보았고, 등대 바위 너머에서는 바다가 으르렁거렸다.

무민파파가 갑자기 입을 열었다.

"그런데 말이다. 그동안 어디에서 지냈니?"

무민이 눈길을 돌리며 중얼거렸다.

"음……. 여기저기서요."

무민파파가 얼버무렸다.

"내가 그동안 일이 무척 많았단다."

무민은 돌밭에서 돌멩이들이 뒤척이는 소리를 들었는데, 돌멩이들은 서로 몸을 맞부딪히며 낯설고 메마른 소리를 냈다. 무민이 말했다.

"이제 가서 덤불숲을 뒤져 볼게요."

그런데 바로 그 순간, 등대 창문에 촛불 두 개가 켜졌다. 무민마마가 집에 돌아왔다.

무민과 무민파파가 들어갔을 때, 무민마마는 앉아서 수건을 깁고 있었다.

무민파파가 소리를 내질렀다.

"도대체 어디 있었어요!"

무민마마가 천연덕스럽게 말했다.

"나 말이에요? 바람 쐬러 잠깐 나갔다 왔어요."

무민파파가 말했다.

"그렇게 우리를 놀라게 하면 안 되죠. 저녁이면 당신이 집 안에 있는 데 익숙하다는 사실을 잊지 말라고요."

무민마마가 한숨을 내쉬었다.

"바로 그 사실이 끔찍하다고요. 누구나 변화가 필요해요. 우리는 서로 너무 익숙하고 늘 똑같잖아요. 그렇지 않아요, 여보?"

무민파파는 멍하니 무민마마를 바라보았지만, 무민마마는 소리 내어 웃더니 바느질을 계속했다. 그러자 무민파파는 달력으로 다가가 금요일 표시를 하고 '보퍼트 풍력 계급 5'라고 적었다.

무민은 해마 그림이 달라졌다고 생각했다. 바다는 전보다 푸른빛이 덜했고 달은 조금 과장되어 있었다. 식탁에 앉은 무민이 가만히 말했다.

"엄마. 저 덤불숲 빈터에서 지내고 있어요."

무민마마가 말했다.

"그래? 아름다운 곳이니?"

"엄청 아름다워요. 언제 한번 보러 오세요."

무민마마가 말했다.

"나야 언제든 좋지. 언제 가면 좋겠니?"

무민이 슬쩍 보니, 무민파파는 방수 수첩에 깊이 빠져 있었다. 그러자 무민이 속삭였다.

"지금 당장 가요. 오늘 밤에 말이에요."

무민마마가 말했다.

"그렇구나. 하지만 내일 낮에 다 같이 가는 편이 더 낫지 않겠니?"

무민이 말했다.

"그때랑은 또 달라요."

무민마마는 고개를 끄덕이고는 바느질을 계속했다.

하지만 무민파파는 수첩에 이렇게 적고 있었다.

'단지 밤이라는 이유로 몇 가지 사실이 변한다고 보아도 좋을까? 조사해 볼 것. 바다는 밤에 무엇을 하는가. 이 섬은 어두워지면 매우 달라짐. 근거 하나, 특이한 소리. 근거 둘, 의심할 여지없는 움직임.'

무민파파는 펜을 든 채 잠시 망설였다. 그리고 계속해서 써 내려갔다.

'(누군가의 강렬한 감정 때문에 주위 환경이 바뀔 수 있는가? 예를 들어, 나는 무민마마를 무척 걱정함. 조사해 볼 것.)'

무민파파는 자신이 쓴 글을 읽어 내려가며 생각을 계속해 보려 했다. 잘 되지 않았다. 그러자 무민파파는 침대로 발걸음을 옮겼다.

이불을 머리끝까지 덮기 전에 무민파파가 말했다.

"잠자리 들기 전에 불은 제대로 꺼요. 냄새 나지 않게 조심해서."

무민마마가 말했다.

"알겠어요, 여보."

무민파파가 잠들자, 남포등을 든 무민은 무민마마의 발밑을 비추며 등대 바위를 지나갔다. 무민마마는 히스 벌판에 멈추어 서서 귀를 기울였다.

무민마마가 물었다.

"밤마다 이러니?"

무민이 말했다.

"밤이면 조금 불안하기는 해요. 그래도 신경 쓰지 마세요. 우리가 자는 동안 섬이 깨어날 뿐이니까요."

무민마마가 말했다.

"뭐, 그렇겠지."

무민은 가장 큰 입구로 앞장서서 기어 들어갔다. 가끔 뒤를 돌아보며 엄마가 잘 따라오는지 확인했다. 무민마마는 나뭇가지에 걸리고는 했지만 조금씩 나아간 끝에 빈터로 나왔다.

무민마마가 소리쳤다.

"네가 지내는 곳이 여기구나! 정말 아늑한걸."

무민이 설명했다.

"지금은 지붕 잎이 조금 졌어요. 초록 나뭇잎이 무성할 때 보셨더라면……. 이 안에 불을 켜 놓으니까 동굴 같죠?"

무민마마가 맞장구를 쳤다.

"딱 동굴 같구나. 양탄자랑 깔고 앉을 작은 상자를 하나 가져다 놔야겠구나……."

무민마마는 고개를 들어 떠다니는 구름 사이로 별을 보며 말했다.

"있잖니, 엄마는 가끔 이 섬이 우리를 태운 채 어디론가 흘러가고 있다는 생각을 한단다. 우리가 정처 없이 떠다니고 있다고……."

무민이 불쑥 말을 꺼냈다.

"엄마, 제가 해마들을 만났는데, 걔들은 저한테 눈곱만큼도 관심 없었어요. 엄마도 아시겠지만, 전 해마들 옆에서 잠깐이라도 웃으면서 같이 달리고 싶을 뿐인데……. 걔들은 정말 아름답거든요……."

무민마마는 고개를 끄덕이고는 진지한 목소리로 입을 열었다.

"해마랑 친구가 되기는 힘들지 않을까 싶구나. 하지만 그렇다고 해서 실망할 필요는 없지 않겠니. 바라보면서 즐거워하면 되니까. 예쁜 새나 멋진 풍경을 바라볼 때처럼 말이야."

무민이 말했다.

"엄마 말이 맞겠죠."

무민과 무민마마는 덤불숲 위로 스쳐 지나가는 바람 소리에 귀 기울였다. 무민은 그로크를 까맣게 잊었다.

무민이 말했다.

"대접할 거리를 미처 준비 못 했어요."

무민마마가 말했다.

"내일 또 오면 되지. 혹시 다른 가족들도 오고 싶다고 하면 불러서 잔치를 열면 좋겠구나. 네가 어떻게 지내는지 볼 수 있어서 즐거웠단다. 이제 엄마는 등대로 돌아가야겠다."

엄마를 집까지 배웅한 뒤, 무민은 혼자 있고 싶어서 남포등 불을 껐다. 바람이 거세어졌다. 어둠과 파도 소리 속에서 엄마의 말을 떠올리며 마음을 놓은 무민은 섬을 가로질러 걸어갔다.

바위는 새까만 석호 쪽으로 몸을 기울이고 있었고, 절벽 아래에서는 물이 튀어 올랐다. 무민은 물소리를 들었지만 멈추지 않고 계속 걸었는데, 몸이 풍선처럼 가벼웠고 졸음도 오지 않았다.

그때 그로크가 눈에 들어왔다. 섬으로 올라온 그로크가 등대 바위 아래를 헤매고 다니며 냄새를 맡고 있었다. 여기저기 서성이며 히스 벌판을 쿵쿵거리기도 하고, 주위를

자세히 살펴보기도 하며 이끼밭 쪽으로 걸어갔다.

무민은 생각했다.

'나를 찾고 있구나. 하지만 지금은 마음을 좀 가라앉혀야겠던걸. 그로크 때문에 기름도 너무 많이 써 버렸고.'

섬을 헤매는 그로크의 모습을 지켜보며 잠깐 서 있자니 무민은 안타까운 마음이 들어 혼잣말을 중얼거렸다.

"내일은 춤출 수 있게 해 줄게. 하지만 지금은 아니야. 오늘 밤에는 집에 있어야겠어."

그러더니 무민은 이 모든 광경에서 등을 돌려 길을 빙 돌아 빈터로 갔다.

동틀 무렵, 무민은 겁에 질려 잠에서 깼다. 몸은 침낭 안에 갇혀 옴짝달싹할 수가 없었고 습하고 뜨거운 공기 때문에 숨이 막혔지만 뭔가에 붙들려 손을 뻗을 수조차 없었다. 모든 게 잘못되었고, 낯설고 희미한 갈색 빛이 주위를 비추고 있었으며 깊은 땅속 같은 냄새도 났다.

마침내 무민은 침낭 지퍼를 열었다. 주위는 전나무 잎과 흙으로 어지러웠고 온 세상이 변해 있었으며 무민은 완전히 버려진 듯했다. 갈색 뿌리들이 사방으로 뻗어 있었고, 침낭 위로도 길게 가로지르고 있었다. 지금은 나무들이 꼼짝 않고 있었지만 지난밤 어둠 속에서는 무민 위를 곧장 타고 넘었다. 온 숲이 땅속에서 뿌리를 뽑아내어 무민이 바위라도 되는 듯이 그 위에 올라서 있었다. 성냥갑이 저만치 무민이 늘 놓는 자리에 있었고 그 옆으로는 블루베리 주스 병도 놓여 있었다. 하지만 빈터는 사라지고 없었다. 무민이 만든 굴에도 나무가 다시 자랐다. 빈터는 도망치는 나무들이 가득한 숲이 되어 버렸고, 무민은 선물로 받은 질 좋은 침낭을 질질 끌며 기고 또 기어서 간신히 빠져나왔다.

이제 남포등이 보였다. 무민이 나무에 매달아 둔 그대로 있었지만 나무가 자리를 바꾸었다.

무민은 꼬리를 깔고 주저앉아 고래고래 소리를 지르며 미이를 불렀다. 미이는 바로 대답했다. 비상 신호가 길게 울리는 듯한 대답이었고, 목소리는 작고 맑은 나팔 소리처럼 들렸다. 아니면 부표에 달린 종이 높은음으로 울리는 소리 같았다. 무민은 소리가 들리는 쪽으로 기어가기 시작했다.

햇빛이 비치는 트인 곳으로 나오자 거센 폭풍이 무민에게 몰아쳤다. 떨리는 다리로 일어선 무민은 미이를 보자 마음이 놓였다. 미이가 예뻐 보이기까지 했다.

뿌리를 뽑아내기 쉬웠던 작은 덤불들은 벌써 히스 벌판 한가운데까지 가서 정신없이 뒤엉켜 있었다. 이끼는 땅속

갈라진 틈새로 기어들어 깊은 초록빛 골짜기를 이루었다.

무민이 소리쳤다.

"다들 어디로 가는 거야! 왜 뿌리까지 뽑았지……. 도무지 이해를 못 하겠어……."

미이가 무민을 똑바로 바라보며 말했다.

"두려워서 그렇지. 전나무 이파리 하나하나까지 모조리 바짝 곤두설 만큼 너무 두려워서. 너보다 나무들이 더 겁먹었잖아! 네가 겁먹은 줄 몰랐더라면 난 그로크가 이 주위를 서성거리기라도 했나 생각했을 텐데 말이야. 그렇지 않겠어?"

무민은 기운이 빠져 히스 벌판에 풀썩 주저앉았다. 히스들은 다행히도 여느 때처럼 꽃을 피우고 있었다. 꽃들은 그곳에 남기로 마음먹은 듯했다.

미이가 생각에 잠겨 말을 이었다.

"그로크 말이야. 그 커다랗고 차가운 그로크가 이 주위를 서성대고 여기저기 앉아 있었다면……. 그로크가 앉았던 자리가 어떻게 되는지 알지?"

물론 무민도 알고 있었다. 그 자리에는 아무것도 자라날 수 없었다. 두 번 다시는. 풀 한 포기조차도.

무민이 소리쳤다.

"왜 그렇게 쳐다보는데!?"

미이가 천연덕스럽게 되물었다.

"널 봤다고? 내가 왜? 난 네 뒤에 뭐가 있어서 봤는데……."

무민이 펄쩍 뛰어오르며 주위를 살폈다.

미이가 재미있어 죽겠다는 듯이 소리쳤다.

"하! 장난인데! 뭐가 그렇게 무서워? 섬이 통째로 움직이고 막 돌아다니면 재미있지 않겠어? 난 너무 신나는데!"

하지만 무민은 눈곱만큼도 재미있지 않았다. 덤불숲이 등대를 향하고 있었다. 숲은 섬을 가로질러 등대 계단 쪽으로 가고 있었고, 맨 앞에 있는 나뭇가지가 등대 문을 밀고 들어갈 때까지 밤마다 조금씩 더 가까이 다가올 터였다.

무민이 갑자기 미이의 눈을 똑바로 바라보며 입을 열었다.

"문을 열어 주지 않을 거야."

미이의 눈빛에는 웃음과 장난기가 가득했고 무민의 비밀을 모두 알고 있는 듯했다.

무민은 마음이 홀가분해졌다.

아침에 커피를 마시자마자 무민파파는 등대지기의 바위턱으로 가서 앉았다. 그러고는 생각에 잠겼다.

방수 수첩은 바다 이야기로 빼곡히 차 있었다. 이제 무민파파는 "밤바다의 변화"라는 새 제목을 적고 그 아래에 밑줄을 그었다. 그러고는 폭풍이 손에서 빼내려고 용을 쓰는 빈 종이를 뚫어져라 보았다. 무민파파는 한숨을 내쉬고는 5쪽을 펼쳤는데, 무민파파가 무척 어려워하는 부분이었다. 무민파파는 그 새까만 석호가 아찔할 만큼 깊은 굴을 통해 바다와 연결되어 있다고 추론했는데, 그림에서 볼 수 있듯이 안타깝게도 보물 상자와 위스키 그리고 해골은 그 굴을 지나야 있을 터였다.

'녹슨 양철통은 어쩌다 A라고 표시한 지점에 놓이게 되었다. X라고 하는 누군가 혹은 무엇인가가 B라고 표시한 밑바닥에 서서 굴을 통해 바람을 내뿜거나 물을 빨아들이면 수위가 높아졌다 낮아졌다 하며 호수가 숨을 쉬는 듯이 보이게 될지도 모른다. X는 누구인가? 바다 괴물일 가능성도 있다.'

하지만 이 점은 증명하지 못했다. 석호라는 주제는 '추측'이라고 이름 붙인 장으로 옮겼고, 이 장은 점점 더 길어지기만 했다.

'사실'이라고 이름 붙인 장에서 무민파파는 물이 깊어질수록 차가워진다고 결론을 내렸다. 예전부터 알고 있었고, 물속에 다리만 담가도 알 수 있는 사실이지만 이번에는 정

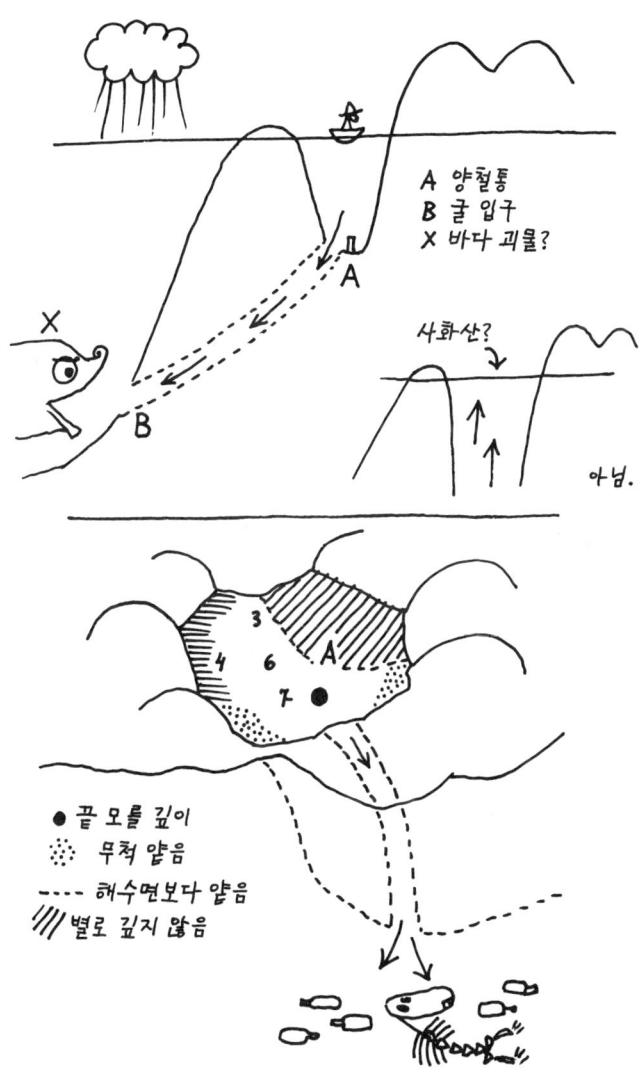

교하게 설계된 물병으로 증명했다.

'물병을 물속에 넣었다 건져 올리면 물의 압력으로 코르크 마개가 병 안쪽으로 들어간다. 그리고 바닷물은 무겁고 짜다. 바닷물은 깊이 들어갈수록 무거워지는 반면, 수면에 가까워질수록 더 짜다. 얕은 바닷물 웅덩이가 그 증거다. 그 물은 무척 짜다. 그리고 잠수를 하면 물의 무게가 느껴진다.'

'해초는 바람이 불어드는 쪽이 아니라 맞은편 바람이 불지 않는 쪽에서 자란다. 폭풍이 불 때 등대 바위에서 널빤지 조각을 던지면 바로 물 위로 떠오르지 않고 바닷가에서 조금 떨어져서 바위섬 주위를 맴돈다. 널빤지를 수평선에 맞추어 들어 보면, 수평선이 둥글게 구부러져 보인다. 날이 궂으면 해수면이 상승하지만, 때로는 그 반대가 되기도 한다. 일곱 번째로 치는 파도는 무척 높지만 어떤 날은 아홉 번째 파도가 높기도 하고 가끔은 불규칙적이기도 하다.'

'흰 물거품을 일으키며 지나가는 폭풍은 어디로 가며 어떻게 생기는가? 그 이유는 무엇인가?'

무민파파는 이와 같은 수많은 문제의 이유를 밝히려고 노력했지만 너무 어려웠다. 지친 무민파파는 과학적인 생각을 떠올리기 힘들어 이렇게 적었다.

'섬에는 다리도 울타리도 없어서 바깥에 풀어 줄 수도, 안에 가둬 놓을 수도 없다. 짐작컨대 그 뜻은……'

'아니야.'

무민파파는 그 위에 까맣게 줄을 그었다. 그리고 '사실'이라는 얇은 장을 넘겼다.

이제 무민파파는 바다에 어떤 규칙도 없다는 엄청난 생각으로 되돌아갔다. 무민파파는 얼른 그 생각을 떨쳐 냈다. 무민파파는 이해하고 싶었다. 바다를 좋아하기 위해서 그리고 자존심을 지키기 위해서는 바다의 비밀을 풀어야만 했다.

무민파파가 생각에 깊이 잠겨 있는 동안, 무민마마는 정원 깊숙이 들어가 있었다. 다시 그려야 할 부분도 잔뜩 찾았다. 심지어 대담해지기까지 해서 나선형 계단이 삐걱거리는 소리가 들려도 나무 뒤로 숨지 않았다. 자신이 벽 속으로 들어가면 커피 주전자만큼 작아 보인다는 사실을 알아차린 날, 무민마마는 정원 여기저기에 자기 모습을 그려 넣었다. 누가 무민마마를 발견하더라도 움직이지 않고 가만히만 있으면 되었다. 그러면 누가 그림이고 누가 진짜 무민마마인지 알아차리기 어려울 터였다.

'정말 돌아 버리겠군.' 하고 생각하며 미이가 말했다.

"무민마마 말고 우리도 그려 주실 수는 없어요?"

무민마마가 말했다.

"너희는 이 섬에 있잖니."

무민마마는 무민에게 빈터에서 가족 연회를 열지 물었지만 무민은 뭐라고 중얼거리더니 사라져 버렸다.

무민마마는 생각했다.

'해마 때문인가 보구나. 그래, 시간이 약이지.'

그러고는 라일락 덤불 아래에 앉아 있는 작은 무민마마를 새로 그려 넣자, 기분이 좋아졌다.

무민은 나선형 계단을 천천히 내려가 바위 위로 올라갔

다. 이제 더는 빈터도 해마들도 없었다.

무민은 등대 바위 아래에 있는 무민마마의 정원을 보며 서 있었다. 모래와 돌멩이뿐인 척박한 환경에 익숙했던 장미 덤불이 갑자기 너무 좋은 환경으로 옮겨지자 모두 말라 비틀어졌다. 화단 한가운데에 둘러놓은 작은 울타리가 보기 좋았다. 무민마마가 울타리 안에 새로 뭔가 심은 모양이었다.

미이가 바위 너머에서 바람처럼 나타나 말했다.

"여기 있었네. 뭔지 알아맞혀 봐. 기회는 세 번 줄게."

무민이 말했다.

"그냥 말해."

미이가 설명했다.

"사과야. 무민마마가 저기에 사과를 심었어. 파도에 밀려왔지. 무민마마가 그랬는데, 사과 씨가 자라면 나무가 된대."

무민이 놀라서 되물었다.

"사과라고? 하지만 나무가 되려면 몇 년이 걸릴지 모르는데!"

"맞아!"

이렇게 말한 미이는 다시 바람처럼 사라져 버렸다.

무민은 그대로 서서 어딘지 모르게 무민 골짜기의 베란

다 난간과 닮은 무척 잘 만들어진 울타리를 바라보았다. 무민은 혼자 웃음을 터뜨렸다. 웃으니 마음이 편해졌다. 이 세상에 무민마마처럼 고집 센 이는 또 없을 터였다. 무민은 어찌 되었든 저 사과가 제대로 나무로 자랄지 궁금해졌다. 무민마마는 그 정도 보상을 받을 자격이 있었다. 그리고 사실, 빈터보다는 오두막이 더 재미있을지도 몰랐다. 직접 지은 오두막이. 창가에 둥글고 예쁜 돌멩이도 놓아둘 수 있으리라.

오후가 되어서야 무민파파와 무민마마는 숲이 등대 가까이 한 걸음 다가왔다는 사실을 알아차렸다. 오리나무들이 가장 서둘렀다. 오리나무들은 섬을 절반 넘게 기어 올라왔고 모험호를 묶어 놓았던 나무만 제자리에 남아 있었는데, 앞으로 나아가려고 있는 힘껏 몸을 당긴 탓에 목이 졸린 듯이 보였다. 잎이 다 떨어져 겁이 나도 바스락거리는 소리를 낼 수가 없었던 사시나무들은 히스 벌판 여기저기에 흩어져 있었다.

나무들은 벌레처럼 남서풍을 이겨 내려고 기다란 뿌리로 바위를 휘감고 히스를 붙들고 있었다.

무민파파를 바라보며 무민마마가 속삭였다.

"이게 대체 무슨 일이에요? 왜들 이러죠!?"

무민파파는 담뱃대를 입에 문 채 무슨 말을 해야 좋을지 몰라 망설였다. 잘 모르겠다고 말하기는 끔찍이도 싫었고, 무엇 하나 이해할 수 없는 상황이 지긋지긋했다.

마침내 무민파파가 입을 열었다.

"밤이면 이런 일이 일어나곤 하죠……. 밤의 변화 말이에요."

무민마마가 무민파파를 바라보자, 긴장한 무민파파가 말을 이었다.

"이럴 수도 있어요. 말하자면, 어둠 속에서 어떤 비밀스러운 변화가 일어났고, 우리까지 덩달아 나가서 일이 더 커졌을 테고, 그러니까 내 말은, 혼란스러워졌다고요. 그래서 아침에 일어났을 때 문제가 커진 채로 남아서……."

무민마마가 걱정 어린 목소리로 말했다.

"여보, 그게 무슨 말이에요?"

무민파파의 얼굴이 새빨갛게 달아올랐다.

한참 침묵이 흐른 뒤, 무민이 중얼거렸다.

"나무들이 무서워서 그래요."

무민파파가 반갑게 말했다.

"그렇게 생각하는구나. 그래, 그럴 수도 있겠다……."

무민파파는 갈라진 주위 땅을 둘러보았다. 나무들이 모두 바다에서 멀리 도망치고 있었다.

무민파파가 소리를 질렀다.

"이제 알겠다! 나무들이 바다를 두려워하고 있어요. 바다가 겁을 줬군요. 지난밤에 밖으로 나왔을 때 무슨 일이 벌어지고 있다는 낌새를 챘어요……."

무민파파는 방수 수첩을 펼쳐 이리저리 뒤적거렸다.

"아침에 여기 어디에 적어 놨는데……. 잠깐 기다려 봐요. 이 문제 좀 생각해 봐야겠어요……."

무민마마가 물었다.

"오래 걸릴까요?"

하지만 무민파파는 이미 수첩에 얼굴을 파묻은 채 바위 너머로 향하고 있었다. 무민파파는 덤불에 발이 걸려 휘청했다. 그러고는 전나무 사이로 사라져 버렸다.

무민이 말했다.

"엄마, 너무 걱정하지 마세요. 나무들이 어디 다른 데로 조금 움직여서 뿌리를 내리고 자라려나 봐요."

무민마마가 기운 없는 목소리로 말했다

"그럴까?"

무민은 엄마의 마음이 놓이도록 애썼다.

"나무들이 엄마 정원 주위에 그늘진 쉼터를 만들어 줄지도 몰라요. 얼마나 근사하겠어요. 연둣빛 잎이 무성한 조그만 자작나무들이……."

무민마마는 고개를 젓고 등대로 걸음을 옮기며 말했다.

"그렇게 말해 줘서 고맙구나. 하지만 자연스러워 보이질 않는구나. 무민 골짜기에서는 한 번도 이런 적이 없잖니."

무민마마는 정원으로 가서 잠시 쉬기로 했다.

무민은 모험호를 묶어 놓았던 오리나무를 풀어 주었다. 남서풍은 맑고 투명한 가을 하늘 아래에서 더 거세어졌고, 서쪽 곶에서 부서지는 파도는 어느 때보다도 더 새하얗고 높았다. 섬을 가로지르는 히스 벌판에 드러누운 무민은 편안하고 즐겁기까지 했다. 드디어 무민파파와 무민마마가 변화를 알아차려서 마음이 너무 홀가분했다.

혼자 남겨진 뒤영벌이 히스 벌판 사이에서 윙윙거리며 날고 있었다. 히스들은 아무것도 겁나지 않는다는 듯이 제자리를 지키고 서 있었다. 무민은 이곳에 오두막을 지으면 어떨까 생각했다. 나지막한 오두막. 현관 앞에 납작한 돌이 놓인 오두막을.

무민은 따스한 햇살이 커다란 그늘에 가려지는 느낌에 벌떡 일어났다. 무민 옆에 무민파파가 걱정스러운 눈빛으로 서 있었다. 무민이 물었다.

"잘 되어 가세요?"

무민파파가 히스 벌판에 주저앉으며 대답했다.

"전혀. 나무 사건 때문에 엉망진창이 됐다. 그 어느 때보다도 바다를 이해할 수가 없구나. 어디에서도 규칙을 찾을 수가 없어."

무민파파는 등대지기 모자를 벗어 마구잡이로 구겼다가 다시 반반하게 펴며 말했다.

"너도 알겠지만, 아빠는 이 바다의 비밀스러운 법칙을 모두 밝혀내고 싶단다. 바다를 좋아하려면 먼저 이해해야 하는 법이거든. 바다가 좋아지지 않으면 이 섬에서 행복할 수가 없을 듯싶구나."

무민이 일어나 앉으며 잘라 말했다.

"남들하고 지내는 일처럼 말이죠. 그러니까 제 말은, 누굴 좋아하는 마음이랑 똑같다고요."

무민파파가 말을 이었다.

"바다는 쉴 새 없이 새롭게 움직인단다. 여기저기로 어떻게든 말이다. 지난밤에는 섬을 온통 겁먹게 했고. 왜 그랬을까? 도대체 무슨 일이 벌어졌을까? 체계라고는 전, 혀, 없, 다. 있다고 해도 도무지 이해할 수가 없구나."

무민파파는 어떻게 생각하느냐는 듯이 무민을 보았다.

"어떤 규칙이 있었으면 틀림없이 아빠가 아셨겠죠."

아빠와 이렇게 중대한 문제를 이야기하다니 너무 뿌듯해서 무민도 무민파파가 무슨 말을 하는지 이해해 보려고 노력했다.

무민파파가 말했다.
"네 말은 그러니까 아무 체계도 없다고 생각한다고?"
"네, 확실히 없어요."
무민은 자신 없었지만, 옳은 대답이었기를 바랐다.
곶 쪽으로 날아간 갈매기 몇 마리가 요란하게 울면서 섬 위를 빙글빙글 돌았다. 땅으로 전해 오는 파도 부서지는 느낌이 마치 바다가 살아 숨 쉬는 듯했다.

무민파파가 웅얼거렸다.

"하지만 그렇다면 바다는 틀림없이 살아 있어. 생각할 수도 있고. 자기가 하고 싶은 대로 행동하지……. 그걸 이해할 수가 없어……. 숲이 바다를 무서워한다면, 그게 바로 바다가 살아 있다는 뜻 아닐까?"

무민은 고개를 끄덕이며 긴장해서 목이 바짝 탔다.

무민파파는 한동안 아무 말도 하지 않았다. 그러더니 벌떡 일어나 말했다.

"그렇다면 바다는 그 새까만 석호로 숨을 쉬는군. 봉돌단 밧줄도 끌어당기고 말이지. 이제 다 알겠어……. 장난삼아 내 방파제를 쓰러뜨리고, 그물에는 바닷말을 잔뜩 걸어 놓고, 배까지 뒤집어 엎으려고 들었어……."

무민파파는 바닥을 내려다보던 잔뜩 찌푸린 얼굴을 환히 펴며 마음 놓인다는 듯이 편하게 말했다.

"그럼 더는 이해할 필요가 없군. 바다는 성질이 고약할 뿐이니까……."

무민파파가 혼잣말을 하고 있다고 생각한 무민은 아무 대답도 하지 않았다. 무민파파가 등대 쪽으로 걸어가는 모습을 바라보았다. 방수 수첩은 히스 벌판에 그대로 놓여 있었다.

이제 바닷새들이 더 많아졌다. 커다란 구름처럼 몰려든

새들은 정신없이 울어 댔다. 무민은 한꺼번에 그토록 많은 새를 보기란 처음이었다. 작은 새들은 정신없이 이리저리 날아다니며 있는 힘껏 울었고, 바위 너머에서 한 무리가 더 날아오고 있었다. 무민은 새들이 차디찬 그로크를 피해 도망치고 있다는 사실을 알고도 그저 바라보기만 했다. 도와줄 수가 없었다. 그보다는 아빠가 자신을 전과 다르게 대하며 이야기했다는 사실이 너무도 자랑스러워 어쩔 줄을 몰랐다.

그사이 가족들은 등대 아래에 서서 겁먹은 새들이 하늘을 뒤덮은 광경을 바라보고 있었다. 그러다 갑자기 새들이 모두 바다 쪽으로 날아갔다. 눈 깜짝할 사이에 새들이 모조리 바다로 날아가 사라져 버렸다. 이제 하얗게 부서지는 파도만이 남았다.

파도는 무척 거셌는데, 눈송이 같은 물거품이 섬 위로 날아올랐고, 서쪽 곶으로는 입을 크게 벌린 하얀 용처럼 솟구쳤다.

무민은 생각했다.

'어부 아저씨가 좋아하겠네.'

그때 무민은 무슨 일이 벌어지는지 보았다. 시멘트로 만든 어부의 집이 무너져 내려 버렸다. 그다음 파도가 치자 벽이 부서졌다.

 어부는 문을 열고 있다가 물보라를 뚫고 한달음에 달려 나왔다. 그러고는 바위 위에 엎어 놓았던 배 밑으로 기어들었다. 곶 주위는 집이 흔적도 없이 사라지고 매끈하게 깨끗해졌고, 빠지다 남은 이빨 같은 꺾쇠만이 삐죽삐죽 솟아 있었다.

 무민은 생각했다.

 '이럴 수가……. 아빠 말씀이 옳았어. 바다는 정말 성질이 고약하네!'

 무민마마가 소리를 질렀다.

 "어부가 쫄딱 젖었겠어요! 창문이 깨지면서 유리 조각에 찔렸을지도 몰라요······. 이제 머무를 집도 없으니 우리가 어부를 돌봐 줘야겠어요."

무민파파가 말했다.

"내가 나가서 어떤지 좀 살펴보고 올게요. 내 섬을 지켜야지요!"

무민마마가 소리쳤다.

"하지만 곶이 물에 잠겨 버려서 너무 위험해요! 파도에 휩쓸리기도 하면······."

무민파파는 나선형 계단 아래에 걸려 있는 밧줄을 가지러 뛰어갔다. 너무 신나서 머리가 구름처럼 가벼웠다.

무민파파가 말했다.

"걱정 말아요. 바다가 제멋대로 고약하게 굴어도 전혀 신경 쓸 필요 없어요. 이 섬에 사는 건 뭐든 하나도 빼놓지 않고 모두 내가 지켜 줄 테니. 이제 다 알거든요."

무민파파는 바위 아래로 내려갔고, 그 주위에서 미이는 벼룩처럼 콩콩 뛰며 뭐라고 소리쳤지만 거센 바람에 실려 날아가 버렸다. 무민은 히스 벌판 옆에 서서 어부의 곶 쪽을 뚫어져라 바라보고 있었다.

무민파파가 말했다.

"무민, 같이 가자꾸나. 너도 소중한 뭔가를 지키기 위해 싸울 줄 알 때가 됐지."

 무민과 무민파파와 미이는 섬 아래로 향했고, 물에 잠긴 곳에 가 닿았다. 미이는 신이 나서 깡충깡충 뛰어다녔고, 묶어 올린 머리는 거센 바람에 모두 풀어헤쳐져서 얼굴 주위에서 후광처럼 흩날렸다.

 무민파파는 섬으로 달려드는 성난 바다를 바라보았다. 하얀 물보라를 일으키며 솟구쳤다 가라앉아 돌아가는 긴 파도를 거대한 바다가 집어삼키는 모습은 장관이었다. 하지만 바닷가 쪽은 파도가 요란한 소리를 내며 끊임없이 밀려들고 있었다. 셋은 바로 이곳을 지나가야만 했다. 무민파파는 밧줄로 한쪽 끝을 허리에 묶고 나서 무민에게 다른 쪽 줄을 내밀었다.

 "이제 젖 먹던 힘을 다해 꼭 붙들어야 한다. 허리에 밧줄을 둘러서 단단히 묶고, 줄이 팽팽해지게 거리를 두고 따라오렴. 이제 우리가 바다를 속여야지! 풍속은 7이야. 알겠니? 풍속 7!"

무민파파는 거대한 파도가 물러날 때까지 기다렸다가 미끄러운 바위를 밟아 가며 뭍에서 조금 떨어진 바위 쪽으로 나아가기 시작했다. 그다음 파도가 몰려와 무민파파를 덮치려 했을 때, 무민파파는 이미 바위를 지나간 뒤였다. 무민파파와 무민 사이의 줄이 팽팽하게 당겨진 순간, 파도가 둘을 쓰러뜨리고 하얗게 부서지며 바다로 돌아갔고 무민과 무민파파는 그 자리에 넘어져 나뒹굴었다. 하지만 밧줄은 끊어지지 않았다.

파도가 모두 빠져나가자 무민과 무민파파는 미끄러운 바위를 넘어갔고, 다음 바위가 나타났을 때에는 능숙하게 넘어갔다.

무민파파는 바다에 대고 험악한 표정을 지으면서 생각했다.

'행동거지 좀 똑바로 배워야겠다. 모든 일에는 한계가 있는 법이라고……. 우리를 괴롭히면 참을 수 있어. 하지만 널 볼 때마다 감탄하는 저 초라한 새우 같은 어부는 포기해. 가만 안 둘 테니까…….'

이제 산더미처럼 높은 파도가 몰려와 무민파파의 화를 가라앉혔다.

이제 코앞까지 다다랐다. 밧줄은 허리에 단단히 매여 있었다. 무민파파는 바위 한 귀퉁이를 붙들고 두 손 두 발로 기어올랐다. 짙푸른 파도가 새로 밀려들어 무민파파를 덮쳤고 밧줄이 느슨해졌다.

파도가 지나가고 무민파파의 얼굴이 물 밖으로 나오자, 무민파파는 얼른 뭍으로 기어올랐다. 다리가 후들거렸다. 무민파파는 바다 어디에선가 허우적거리고 있을 무민을 끌어당기기 시작했다.

무민파파와 무민은 덜덜 떨며 바위 위에 나란히 앉았다. 맞은편에서는 미이가 공처럼 깡충깡충 뛰고 있었는데, 둘을 응원하고 있을 터였다. 무민파파와 무민은 마주 보며 웃음을 터뜨렸다. 바다를 속여 넘겼다.

무민파파가 어부의 배 밑을 들여다보며 소리쳤다.

"괜찮으세요!?"

어부는 맑디맑은 푸른 눈을 돌려 무민파파를 보았다. 물에 쫄딱 젖어 있었지만 유리 조각에 찔린 곳은 없었다.

무민파파가 폭풍을 뚫고 소리쳤다.

"커피 한잔 하시겠어요?"

"글쎄. 커피를 마신 지 너무 오래됐소만……."

어부의 목소리는 멀리 날아가며 우는 새소리처럼 스러졌다. 무민파파는 갑자기 어부가 무척 가여웠다. 어부는 폭풍을 뚫고 가기엔 몸집이 너무 작았다. 혼자서는 집에 무사히 갈 수 없을 터였다.

무민파파가 일어나 무민을 바라보았다. 그러더니 어깨를 으쓱하고는 어쩔 수 없다는 표정을 지었다. 무민이 고개를 끄덕였다.

둘이 곶의 가장자리로 걸어가자, 거세게 몰아치는 폭풍에 귀가 납작하게 눌리고 소금기에 눈이 따가웠다. 무민파파와 무민은 더 나아가지 못하고 멈추어 서서 파도가 밀려들 때마다 눈앞에 기둥 같은 물거품이 자신만만하게 솟구쳤다가 천천히 바다로 다시 가라앉는 광경을 바라보았다.

무민파파가 부서지는 파도 소리를 뚫고 소리쳤다.

"아무튼 괜찮은 적수라니까!"

무민은 아빠가 뭐라고 했는지 듣지는 못했지만 무슨 말

인지 알아차리고 고개를 끄덕였다.

그때 상자 하나가 파도에 실려 왔다. 바람 부는 방향에서 곶의 가장자리로 빠르게 떠밀려 왔는데, 꽤 묵직한지 물에 잠겨 모서리만 겨우 물 밖으로 보였다. 가끔은 말 한마디 나누지 않아도 서로 이해할 수 있다니 얼마나 신기한 일인지 모른다. 무민이 물에 뛰어들어 파도에 몸을 싣고 상자 쪽으로 다가가는 동안, 무민파파는 바닷가에 서서 두 손으로 밧줄을 붙들고 버텼다.

이제 무민이 상자를 붙잡았다. 상자는 무거웠고 밧줄로 만든 손잡이가 달려 있었다. 무민의 허리에 묶인 밧줄이 팽팽해지더니 물 밖으로 끌어올려졌는데, 무민이 이제껏 해 보았던 놀이 가운데 가장 신나고 위험한 놀이였다. 게다가 그 놀이를 아빠와 하고 있었다.

둘이 바위 위로 끌어올린 상자는 부서진 곳 하나 없이 멀쩡했다. 이국적인 위스키 상자였는데, 커다란 데다 붉고 푸른 글씨로 화려하게 장식되어 있었다.

무민파파는 바다 쪽으로 눈길을 돌렸다. 놀라움과 감탄이 섞인 눈빛으로 바다를 바라보았다. 파도는 이제 더욱 짙푸른 빛을 띠었고, 그 꼭대기는 노을의 붉은빛으로 물들었다.

위스키 한 잔으로 기운을 차린 어부는 바위를 넘어 등대로 옮겨졌다. 무민마마는 서랍장 맨 아래 서랍에서 찾아낸 등대지기의 낡은 옷을 팔에 걸고 서서 기다리고 있었다.

어부가 덜덜 떨며 말했다.

"그 바지는 별로입니다. 이상하게 생겼잖습니까."

무민마마가 딱 잘라 말했다.

"이제 바위 뒤로 가서 옷 갈아입으세요. 바지가 이상하게 생겼든 아니든 뭐가 문제예요. 따뜻한 데다 이 옷을 입던 등대지기는 창피한 짓 따위는 한 적이 없는 명예로운 이였어요. 조금 우울했을지는 몰라도."

무민마마는 옷을 어부의 품에 안겨 주고 바위 뒤로 등

을 떠밀었다.

무민이 알려 주었다.

"위스키 한 상자를 찾았어요."

무민마마가 말했다.

"멋지구나! 그럼 소풍을 가야겠는걸."

무민파파가 웃음을 터뜨리며 말했다.

"당신이랑 소풍은 역시 떼어놓을 수가 없군요."

잠시 뒤, 어부가 바위 뒤에서 코듀로이 외투와 낡아빠진 바지를 입고 나타났다.

무민마마가 소리쳤다.

"맞춤옷처럼 딱 맞네요. 이제 우리 집에서 커피 마셔요."

무민파파는 무민마마가 등대를 집이라고 말했다는 사실을 알아차렸다. 처음이었다.

어부가 소리를 내질렀다.

"아뇨, 아니에요. 싫습니다! 거긴 안 갑니다."

그러더니 겁에 질린 눈빛으로 바지를 내려다보고는 섬 안쪽으로 냅다 도망쳐 버렸다. 무민 가족은 어부가 덤불 숲으로 사라지는 모습을 지켜보았다.

무민마마가 무민에게 말했다.

"네가 보온병을 가져다 드리렴. 상자는 잘 끌어올려 놓고 왔지?"

무민파파가 말했다.

"걱정하지 말아요. 그건 바다가 준 선물이에요. 한 번 준 선물을 도로 가져가진 않겠지요."

모두 조금 일찍 저녁 차를 마셨다.

그러고는 퍼즐을 꺼내 놓았을 때 무민마마가 벽난로 위 선반에서 사탕 단지를 가져와서는 말했다.

"오늘은 특별한 날이니까 다섯 개씩 줄게요. 어부가 사탕을 먹을지 모르겠네……."

무민파파가 말했다.

"있죠, 난 당신이 바위 위에 놓아둔 사탕은 어쩐지 먹고 싶지가 않더라고요."

무민마마가 깜짝 놀라 물었다.

"왜요? 당신, 줄무늬 사탕 좋아하잖아요."

무민파파가 부끄러운 듯 웃으며 말했다.

"에이, 내가 하던 조사가 결국 다 쓸모없는 짓이라 그랬나 봐요. 나도 잘 모르겠어요."

미이가 불쑥 끼어들었다.

"바보 같다는 생각에 그랬겠죠. 사탕 두 개가 들러붙었으면 하나로 쳐도 되죠? 이제 바다는 신경 끄시려고요?"

무민파파가 소리쳤다.

"그럴 리가. 네가 왜 바보 같이 구는지 모르겠다고 해서 내가 널 신경 쓰지 않던?"

모두 한바탕 웃었다.

무민파파가 몸을 앞으로 기울이며 말했다.

"다들 알겠지만, 바다는 기분이 좋았다가 나빴다가 하는 거대한 녀석이에요. 바다가 왜 그러는지는 몰라요. 하지만 우리가 바다를 좋아하면 아무 문제 될 게 없죠······. 뭔가 얻으려면 단점도 받아들여야 하니까."

무민이 조심스럽게 물었다.

"이제 아빠는 바다를 좋아하세요?"

무민파파가 짜증 섞인 목소리로 말했다.

"난 늘 바다를 좋아했어. 우리 모두 바다를 좋아하지. 그래서 여기 왔고. 그렇지 않아요?"

무민파파가 무민마마를 바라보자 무민마마가 말했다.

"왜 아니겠어요. 여기 이 어려운 부분에 딱 맞는 조각을 드디어 찾았어요. 이거 봐요."

가족 모두 퍼즐을 들여다보며 감탄했다.

그때 미이가 소리쳤다.

"거대한 잿빛 새네요! 저쪽에 하얀 얼굴이 있어요. 꼬리에 불이라도 붙은 듯이 날개를 펄럭이고요!"

어떤 퍼즐인지 알고 나자 순식간에 새 네 마리를 찾아냈다. 땅거미가 내려앉자 무민마마는 남포등을 켰다.

무민마마가 물었다.

"너희 오늘 밤에도 밖에서 잘 거니?"

미이가 대답했다.

"아뇨. 숲이 움직여서 우리 집이 몽땅 없어졌어요."

무민이 생각난 듯 말했다.

"그 대신 저는 작은 오두막을 하나 지을까 해요. 나중에요. 다 되면 모두 들러 주세요."

무민마마가 고개를 끄덕였다. 무민마마는 불꽃이 잦아드는 모습을 바라보며 서 있다가 무민파파에게 말했다.

"밖이 어떤지 좀 봐 줘요."

무민파파가 북쪽 창문을 열었다. 잠시 뒤 입을 열었다.

"숲이 움직이는지 어떤지는 보이질 않아요. 바람은 많이 부는군요. 못 해도 풍속 8 정도는 넘겠어요."

창문을 닫은 무민파파가 다시 식탁으로 돌아왔다.

미이가 눈을 반짝이며 말했다.

"숲은 밤늦게나 움직이기 시작할걸요. 신음소리를 내면서 어기적어기적 바위를 기어오르겠죠. 이렇게요!"

무민이 소리쳤다.

"이 안으로 들어오려고 할지도 모른다는 말은 아니지!"

미이가 낮은 목소리로 말했다.

"당연히 들어오려고 하겠지. 저 아래 현관에 돌멩이들 부딪히는 소리 안 들려? 사방에서 굴러 와서 계단에 가득 차 있을걸……. 그리고 나무들은 등대 주위로 점점 더 가까이 몰려들다가 급기야는 뿌리로 등대 벽을 모조리 휘감고 기어오르기 시작하겠지. 창문마다 나무들이 매달려서 안을 들여다보면 방 안이 어두워지고……."

무민이 두 손으로 얼굴을 싸쥐며 소리쳤다.

"안 돼!"

무민마마가 말했다.

"미이, 그만하렴. 네 상상 속에서나 벌어질 일이야."

무민파파가 말했다.

"자, 이제 모두 진정해요. 전혀 걱정할 필요 없어요. 불쌍한 덤불숲이야 바다를 두려워할 수 있지만, 그건 덤불숲 문제죠. 이번 일은 내가 잘 해결할 수 있어요."

땅거미가 지고 어두워졌지만 아무도 잠자리에 들지 않았다. 가족들은 퍼즐에서 새를 세 마리 더 찾았다. 무민파파는 부엌 찬장 도면을 그리는 데 집중했다.

바깥의 폭풍 때문에 등대가 더 아늑하게 느껴졌다. 누군가가 가끔 어부 이야기를 꺼내면 그가 잘 있을지, 보온병을 잘 찾아서 커피를 마셨을지 궁금해하곤 했다.

무민은 점점 더 걱정스러워졌다. 이제 그로크에게 내려가 볼 시간이었다. 오늘 밤에는 그로크를 춤추게 해 주겠다고 다짐했었다. 무민은 웅크리고 앉아 입을 꾹 다물고 있었다.

미이가 야생 자두 열매처럼 작고 동그란 눈으로 무민을 바라보더니 갑자기 말했다.

"무민, 너 바닷가에 밧줄 두고 왔지?"

무민이 말했다.

"밧줄? 가져왔는데……."

미이가 식탁 아래로 무민을 걷어찼다. 벌떡 일어난 무민이 얼떨떨하게 말했다.

"아, 맞아. 가져와야겠다. 물이 차면 떠내려갈지도 모르니까……."

무민마마가 말했다.

"조심히 다녀오렴. 사방에 나무뿌리가 너무 많은데 남포등 갓은 한 면밖에 보이질 않으니. 가면 아빠 수첩도 있는지 한번 찾아보고."

무민은 문을 닫기 전에 미이를 바라보았다. 하지만 미이는 퍼즐을 맞추며 무덤덤하게 잇새로 휘파람을 불고 있었다.

제8장

등대지기

섬은 밤새도록 움직였다. 어부의 곶은 알게 모르게 바다 쪽으로 조금 물러나 있었다.

바위 언덕에 검은 물 폭탄이 몰아쳤고, 새까만 석호는 태곳적 땅속으로 더 깊이 파고들었다. 석호가 콸콸 소리를 내며 안쪽으로 빨려 내려갔고 바다에서 새로운 파도가 초록빛 폭포수처럼 반짝이며 바위를 넘어 밀려들었다. 하지만 석호는 넘치지 않았다. 자꾸 물이 빠져서 이제 석호의 거울 같은 까만 눈동자는 가장자리에 속눈썹 같은 바닷말을 달고 섬 안쪽 깊숙이 가라앉았다.

바람이 불어드는 쪽 바닷가에는 들쥐와 붉은 쥐가 몰려 나와 물가를 정신없이 뛰어다녔고, 그 발아래 모래들도 이리저리 기어 다녔다. 돌멩이들까지 몸을 들썩이자 갯그령의 하얀 뿌리가 드러났다.

새벽녘이 되어서야 섬은 잠들었다. 그사이 나무들은 등대 바위에 다다랐고, 돌밭에는 깊은 구덩이만 남았으며, 잿빛 둥근 바위들은 히스 벌판 여기저기에 흩어져 있었다. 모두 등대로 계속 굴러가려고 다음 밤이 오기만을 기다리고 있었다. 거센 가을 폭풍은 계속 불어 댔다.

7시쯤 되어 무민파파가 배를 살펴보러 나갔을 때, 수위는 다시 높아져 있었고, 바다를 할퀴는 남서풍은 쉴 새 없이 점점 더 거세어지고 있었다. 그때, 무민파파는 모험호 밑바닥에 몸을 웅크린 어부를 발견했다. 어부는 누워서 작은 돌멩이 몇 개를 가지고 놀다가 흘러내린 앞머리 사이로 무민파파를 흘깃 보았지만 인사도 하지 않았다. 더구나 모험호는 줄을 매달지도 않은 채 밀물을 맞으며 떠 있었다.

무민파파가 말했다.

"배가 떠내려가려는 모습이 보이지도 않소? 바위에 계속 부딪히고 있잖아요. 저기 좀 제대로 보라고요! 조금 더 있다가는 모조리 망가지겠네. 이제 안 되지! 내려요. 배 끌어올리게 도와요!"

어부는 뱃전에 다리를 걸친 다음, 모래밭으로 뛰어내렸다. 부드럽고 평화로운 눈동자로 어부가 중얼거렸다.

"해 끼칠 일은 하지 않았소······."

무민파파가 말했다.

"그렇지. 하지만 도움 될 일도 하지 않았잖소."

그러더니 무민파파는 화가 나서 무거운 줄도 모르고 혼자 배를 끌어올렸다.

무민파파는 모래밭에 주저앉아 숨을 헐떡거렸다. 남은 모래밭이 아주 좁았다. 성난 바다는 그 모래밭마저 노렸고, 밤마다 아주 조금씩 집어삼켰다. 무민파파는 화가 나서 어부를 바라보다 물었다.

"커피는 찾았소?"

하지만 어부는 미소만 지었다.

무민파파가 혼잣말을 중얼거렸다.

"도무지 종잡을 수가 없다니까. 살아 움직이는 것 같지도 않고, 식물이나 그림자 같다니까. 꼭 이 세상에 태어난 생명이 아닌 듯하다는 말이지."

어부가 곧바로 대답했다.

"나도 이 세상에 태어난 생명이오. 내일이 생일이지."

무민파파는 너무 놀라 웃음이 터져 나왔다.

"그래요, 기억은 하는군요. 생일은 기억한단 말이지. 상상도 못 했네! 그러면 몇 살이 되는 거요?"

하지만 등을 돌린 어부는 바닷가를 따라 천천히 걸어갔다.

무민파파는 섬 걱정을 가득 안고 등대로 향했다. 숲이 떠나 버린 땅에는 깊은 구멍만 잔뜩 남았고, 등대 바위로 올라가려는 나무들이 히스 벌판을 지나가며 길게 고랑을 내놓았다. 잔뜩 겁먹은 나무들은 이제 한데 뒤엉켜 있었다.

무민파파는 생각했다.

'섬을 어떻게 진정시켜야 좋을지 모르겠군. 바다와 섬이 등을 돌릴 수는 없는 법인데. 잘 지내야지……'

무민파파는 자리에 멈추어 섰다. 등대 바위가 어딘가 이상했다. 다시 한 번 바라보았다. 무척 약한 움직임이었는데, 바위가 주름진 살결처럼 오그라들고 있었다. 잿빛 돌멩이 몇 개가 히스 벌판을 굴러다녔다. 섬이 깨어나고 있었다.

무민파파는 너무 긴장한 나머지 뒷덜미가 오싹해져서는 귀를 기울였다. 어렴풋이 들려오는 쿵쿵 소리가 온몸으로 느껴졌고, 사방에서 점점 더 가까이 다가오고 있었다. 땅속에서부터 나는 소리였다.

무민파파는 히스 벌판 아래에 엎드려 땅에 귀를 바짝 댔다. 그러자 섬의 심장이 뛰는 소리가 들려왔다. 부서지는 파도 저 멀리, 땅속 깊숙이에서 낮고도 부드럽게 그리고 규칙적으로 심장이 뛰고 있었다.

무민파파는 생각했다.

'섬이 살아 있어. 내 섬이 나무나 바다처럼 살아 있다고.'

무민파파가 천천히 몸을 일으켰다.

전나무 한 그루가 너울거리는 초록빛 양탄자 같은 히스 벌판을 살금살금 기어가고 있었다. 전나무에게 길을 비켜 준 무민파파는 얼어붙은 듯 그 자리에서 꼼짝도 하지 못했다. 섬을, 바다의 어두컴컴한 밑바닥에 몸을 웅크린 채 바다가 두려워 어쩔 줄 몰라 하는 섬을, 살아 숨 쉬는 섬을 두 눈으로 똑똑히 보았다. 두려움이란 위험천만한데, 불쑥 솟아나서 스스로 나동그라지거나 거꾸러지기라도 하면 우연히 그 근처에 있을지도 모를 작고 고물거리는 녀석들을 누가 보호해 주겠는가? 무민파파는 내달리기 시작했다.

집으로 돌아간 무민파파는 모자걸이에 모자를 걸었다.

무민마마가 물었다.

"무슨 일이에요? 혹시 배가……?"

무민파파가 대답했다.

"뭍에 올려놨어요."

가족들이 여전히 바라보자, 무민파파가 덧붙여 말했다.

"내일이 어부의 생일이라는군요."

무민마마가 소리쳤다.

"아니, 뭐라고요! 그래서 당신이 그렇게 이상하게 굴었군요! 우리가 어부를 위해 생일상을 차려 줘야겠어요. 세상에, 그 어부한테도 생일이 있다니!"

미이가 말했다.

"선물은 고르기 쉽겠네요. 바닷말 한 상자! 이끼 양탄자도 좋겠네요! 아니면 물자국은 어때요?"

무민마마가 말했다.

"그런 말은 못된 애들이나 한단다."

미이가 소리쳤다.

"뭐, 틀린 말도 아니네요!"

무민파파는 서쪽 창가에 서서 섬을 내다보았다. 그러면서 가족들이 두 가지 중요한 문제를 놓고 이야기하는 소리를 듣고 있었다. 어부를 등대 안으로 어떻게 들일까 하는 문제와 곶에 있는 위스키 상자를 어떻게 옮겨 올까 하는 문제였다. 하지만 무민파파는 땅속 저 깊은 곳에서 들려오던 섬의 불안한 심장 소리 말고는 아무것도 생각할 수가 없었다.

무민파파는 바다와 이 문제를 두고 이야기해야만 했다.

등대지기의 바위 턱으로 가서 앉자, 무민파파는 자신이 선수상처럼 섬의 맨 앞에서 항해하는 느낌이 들었다.

무민파파가 그토록 기다려 왔던 거대한 진짜 폭풍이었다. 하지만 생각과는 전혀 달랐다. 하얗고 아름다운 진주 같은 물거품도 없었고, 풍속도 8이 되지 않았다. 물거품은 바람에 날려 바다 위에 연기 같은 잿빛 물방울을 맹렬하게 흩뿌렸고, 바다는 깊게 패고 잔뜩 주름진 성난 얼굴 같았다.

무민파파가 머릿속의 뭔가를 연결하려 하자, 오늘은 무척 쉽게 되었다. 조상들이 해 왔던 대로 머릿속으로 바다와 이야기를 나눌 수 있었다.

무민파파가 바다에게 말했다.

"넌 누굴 놀라게 하기에는 너무 크잖니. 쓸모없는 짓이야. 이 작고 초라한 섬을 겁주려고 기를 쓰는 일 말고 다른 중요한 일이 그렇게 없어? 섬이 이만큼이나 버텨 줘서 너한테도 얼마나 다행인데. 이 섬이 아니면 누구랑 견줘 보

겠어? 굽이치는 파도도 없이 무슨 재미가 있겠어? 잘 생각해 봐. 여기에는 너 때문에 비스듬히 자란 조그만 숲 한 움큼이랑 네가 틈만 나면 불어 버려서 얼마 남지도 않은 안쓰러운 모래 몇 줌이랑 아무것도 남지 않을 때까지 갈아 없애 버리는 울퉁불퉁한 바위 한 덩이밖에 없어. 그런데 그마저도 겁주지 못해 안달이라니!"

무민파파는 몸을 앞으로 숙여 물안개가 피어오르는 바다를 엄한 눈길로 쏘아보았다.

"네가 잘 모르나 본데 말이지. 넌 이 섬을 잘 보살펴야 해. 너 자신을 드러내기보다는 이 섬을 보호하고 돌봐야만 한다고! 알아듣겠어?"

무민파파는 폭풍 속에서 귀를 기울였지만 바다는 아무 대답도 들려주지 않았다.

무민파파가 말했다.

"넌 우리한테도 못된 짓을 하려고 들었지. 수단 방법 가리지 않고 골탕 먹이려고 했지만 실패했어. 우리가 다 이겨 냈지. 내가 알아차려서 넌 탐탁지 않겠지. 그러거나 말거나 우리는 계속 삶을 일궜고. 그렇지? 그나저나."

무민파파는 말을 이었다.

"위스키 상자는 제법 괜찮았다는 말은 해야 공평하겠지. 무슨 뜻인지 다 알아. 너도 질 수 있지. 하지만 그렇다고 섬을 짓밟으려고 달려들다니, 치졸한 짓이야. 내가 이런 말을 하는 이유는 순전히 널 좋아하기 때문이라고."

입을 다문 무민파파는 머릿속이 무척 피곤했다. 무민파파는 바위에 등을 기대고 기다렸다.

바다는 아무 말도 없었다. 하지만 커다랗고 반질반질한 나무판자가 바닷가 쪽으로 떠밀려오고 있었다.

무민파파는 조마조마한 마음으로 지켜보았다.

나무판자가 하나 더 밀려왔다. 그리고 또 하나 밀려왔다. 바닷가가 가득 찰 정도였다. 누가 배의 짐을 덜려고 나무판자 한 묶음을 바다에 버리기라도 한 모양이었다.

무민파파는 바위 위로 올라가 냅다 뛰기 시작했다. 뛰는 내내 껄껄 웃었다. 바다가 가족들이 이곳에 머물기를 바라며 용서를 구하고 있었다. 바다는 무민 가족이 이 섬에 계속 삶의 터전을 마련하고 살아갈 수 있도록, 어마어마하고 변함없는 수평선에 고립되어 갇힌 채 살더라도 즐겁게 지낼 수 있도록 돕고 싶어 했다.

무민파파가 나선형 계단에서 소리쳤다.

"나와 봐요! 나와 보라고요! 나무판자예요! 떠내려왔다고요! 모두 나와서 건져 올려요!"

가족들이 우르르 나와 섬을 가로질렀다.

이제 나무판자들이 가까이 다가왔다. 바람이 없는 쪽

바닷가로 떠내려와 잔잔한 파도에 흔들리고 있는 묵직하고 커다란 나무판자들은 언제라도 높은 물결에 실려 다른 바닷가를 축복해 주러 떠날 준비가 되어 있는 듯했다. 정신없이 서둘러야만 했다. 누구 하나 물이 차가운 줄도 몰랐다. 가족들은 곧장 물속으로 뛰어들었는데, 무민의 조상을 거슬러 올라가면 해적이라도 있는지, 뜻하지 않은 수확물을 건져 올리는 해적처럼 뒤따라오는 나무판자들을 재빨리 건졌다. 꼭 필요한 물건이었다. 이제 가족들은 섬을 뒤덮은 슬픔과 바다를 가득 매운 외로움을 마음속에서 털어내고 나무판자를 건져서 나르고 쌓아 올리면서 살아 있다고 알리기라도 하듯 으르렁거리는 파도 소리 사이로 서로 고래고래 소리를 질렀고, 폭풍이 몰아치는 섬 위

로는 하늘이 여전히 구름 한 점 없이 빛나고 있었다.

거센 파도 속에서 물을 먹어 무거워지기까지 한 두꺼운 나무판자를 바닷가로 끌어올리는 일은 흥미진진했다. 누가 발을 찧을지도 몰랐고, 성벽을 부수는 거대한 철퇴처럼 높은 물결을 따라 앞뒤로 흔들리기도 했다. 그러니 정말이지 위험한 일이었다.

그런 다음, 바다가 미치지 못하는 바닷가 멀찌감치에 보물처럼 옮겨 놓았는데, 바다에서 훔친 물건 가운데 최고였으니 보물이나 마찬가지였다. 오래된 타르의 검은빛으로 매끈하고 따뜻해 보이는 나무판자들은 묵직하고 완벽해 보였고, 끄트머리 자른 면에는 주인의 표시가 찍혀 있었다. 가족들은 자랑스러운 표정으로 나무판자를 바라보며 여기에 기다란 못을 박을 때 들릴 소리를 떠올렸다.

무민파파가 소리쳤다.

"이제 틀림없이 풍속이 9가 넘어요!"

숨을 깊게 들이쉰 무민파파는 바다를 바라보며 말했다.

"좋아, 이제 우리 깔끔하게 해결했어."

나무판자를 물이 닿지 않는 곳에 모두 건져 올린 다음, 가족들은 생선 수프를 먹으러 집으로 향했다. 거센 폭풍이 살아 있기라도 한 듯이 바닷가를 휩쓸어서 미이는 바람에 날아갈 뻔했다.

무민마마는 정원에 멈추어 서서 작달막하고도 끔찍한 난쟁이 전나무가 잔뜩 기어든 모습을 보았다. 무민마마가 무릎을 꿇고 앉아 전나무 아래를 쿵쿵거렸다.

무민이 물었다.

"사과나무 싹이 텄어요?"

무민마마가 깔깔 웃으며 말했다.

"내가 바보인 줄 아니. 적어도 십 년은 지나야 나무처럼 보일 텐데. 그냥 조금 격려해 주고 싶었을 뿐이란다."

무민마마는 시든 장미 덤불을 떠올리며 생각했다.

'그걸 옮겨 심다니 바보 같았어. 그렇지만 아직 많이 남아 있으니까. 섬이 장미 덤불로 가득한걸. 정원보다는 풍경을 보는 편이 더 좋잖아?'

무민파파는 판자 몇 장을 등대로 가져와 도구 상자를 열고 말했다.

"나무가 마르면 줄어드는 줄은 알아요. 하지만 마를 때까지 기다릴 수가 없군요. 부엌 선반이 조금 틀어져도 괜찮겠어요?"

무민마마가 말했다.

"그럼요. 못질해요. 하고 싶을 때 빨리 해치워야죠."

오늘 무민마마는 그림을 그리지 않고 화분 지지대를 만

들고 서랍장을 청소하기로 했다. 등대지기의 서랍까지. 무민은 도면을 그리며 앉아 있었는데, 자신의 오두막이 어떻게 생겨야 할지 정확히 알고 있었다. 아닐린 펜은 이제 조금밖에 남지 않았지만 무민은 더 필요하면 아빠의 바다가 새것을 보내 줄지 모른다고 생각했다.

저녁 무렵이 되자, 모두 조금 피곤해져서 말수가 줄었고 평화로운 침묵이 감돌았다. 바다는 박자를 맞춰 가며 섬 주위에서 파도 소리를 냈고, 하늘은 새하얗고 맑게 개어 있었다. 미이는 벽난로 위에서 잠이 들었다.

무민마마는 가족들을 슬쩍 바라본 뒤, 자신의 벽화에 다가갔다. 그러고는 사과나무 줄기를 손으로 꾹 눌러 보았다. 아무 일도 일어나지 않았다. 회반죽을 칠한 평범한 벽일 뿐이었다.

무민마마는 생각했다.

'알아보고 싶었을 뿐이야. 내 생각이 맞았어. 더는 정원에 들어갈 수 없겠지. 이제 집이 그립지 않으니까.'

땅거미가 지자, 무민은 남포등에 기름을 채우러 갔다.

석유통은 나선형 계단 아래 찢어진 그물 옆에 있었다. 무민은 깡통을 놓고 서서 코르크 마개를 열었다. 석유통을 집어 들어 뒤집자, 쿨렁 하는 소리가 메아리치며 등대

안에 퍼졌다. 무민은 기다렸다. 흔들어 보기도 했다.

무민은 석유통을 내려놓고 오랫동안 바닥을 내려다보고 서 있었다. 더는 없었다. 석유가 다 떨어졌다. 저녁마다 등대 안을 밝혔고 밤이면 그로크를 위해 불을 켜기도 한 데다 미이가 몇 리터나 불개미 위에 쏟아 붓기까지 했다. 당연한 일이었다. 하지만 이제 어떻게 해야 할까? 그로크에게는 뭐라 말해야 할까? 그로크가 얼마나 실망할지 상상조차 하고 싶지 않았다. 무민은 계단에 앉아 두 손에 얼굴을 파묻었다. 친구를 속인 기분이었다.

무민마마가 남포등을 흔들며 물었다.

"정말 석유통이 비었니?"

가족들은 차를 마신 뒤였고, 창밖은 조금씩 어두워지고 있었다.

무민이 침울하게 말했다.

"텅 비었어요."

무민파파가 말했다.

"석유통이 새나 보군요. 어디가 녹슬어서 부서졌을지도 몰라요. 그렇지 않고서야 우리가 그 많은 기름을 다 쓸 수는 없죠."

무민마마가 한숨을 쉬고 말했다.

"이제 화덕 불빛으로 생활해야겠어요. 양초도 세 개밖에 남지 않았는데, 이건 생일 케이크에 꽂아야죠."

무민마마는 화덕에 장작을 더 넣은 다음, 뚜껑을 그대로 열어 놓았다.

장작은 탁탁거리며 활기차게 타올랐고, 가족들은 상자를 앞으로 끌어당겨 화덕 주위로 빙 둘러앉았다. 가끔 천장으로 연결된 굴뚝에서 폭풍이 휘몰아치는 소리가 났는데, 무척이나 외롭고 어두운 음악 소리처럼 들렸다.

무민마마가 말했다.

"밖에 무슨 일이 일어나고 있나 궁금해요."

무민파파가 대답했다.

"내가 말해 줄게요. 섬이 잠자리에 들고 있어요. 내가 장담하는데, 섬은 우리랑 같은 시간에 잠자리에 들러 가고 잠들 거예요."

무민마마가 슬며시 웃더니 신중하게 말했다.

"있죠, 우리가 이렇게 살기 시작한 뒤로 내내 소풍 온 느껌이 들었어요. 그러니까 제 말은, 어떤 점에서 보면 모든 게 너무 다르다고요. 날마다 일요일 같아요. 그런데 이제는 이런 느낌이 들면 안 되지 않을까 싶어요."

가족들은 다음 말을 기다렸다.

무민마마는 머뭇거리며 말을 이었다.

"다들 알겠지만, 계속 소풍을 가 있을 수는 없잖아요. 언젠가는 끝나야죠. 그러다 갑자기 월요일 같아지고 지금까지 지내 온 시간이 진짜라고 믿지 못하게 되면 어쩌나 싶어 겁이 나요……"

무민마마는 입을 다물고 불안한 표정으로 무민파파를 바라보았다. 무민파파가 깜짝 놀라 말했다.

"하지만 이 시간은 진짜예요! 날마다 일요일 같으니 얼마나 좋아요. 우린 바로 그걸 잊고 살았잖아요."

미이가 물었다.

"지금 무슨 얘기를 하고 계세요?"

무민이 다리를 쭉 펴자, 뭔가가 온몸으로 퍼져 나가는 느낌이었다. 그로크 말고는 아무 생각도 나지 않았다.

무민이 말했다.

"저 잠깐 나갔다 올게요."

모두 무민을 바라보았다. 무민이 얼른 둘러댔다.

"그게, 바람 좀 쐬려고요. 말도 안 되는 수다나 떨면서 여기 앉아 있고 싶지 않아요. 좀 움직여야겠어요."

"너."

무민파파가 말을 꺼냈지만, 무민마마가 얼른 말했다.

"다녀오렴."

무민이 나간 뒤, 무민파파가 물었다.

"쟤가 도대체 왜 저럴까요?"

무민마마가 말했다.

"크느라 그래요. 자기도 잘 모르겠지만 말이에요. 당신은 늘 무민이 어리다고만 생각하죠."

무민파파가 깜짝 놀라 말했다.

"무민은 아직 어려요. 어리고말고요."

무민마마는 웃으며 불 속을 뒤적거렸다. 화덕 불빛이 촛불보다 훨씬 아늑했다.

그로크는 바닷가 모래밭에 앉아 기다리고 있었다. 등불도 없이 다가간 무민은 배 옆에 서서 그로크를 바라보았다. 해 줄 수 있는 일이 아무것도 없었다.

땅속에서 섬의 심장이 불안하게 뛰었고, 밤은 변화로 가득 차 있었다. 무민은 돌멩이들과 나무들이 뭐라고 속삭이며 섬 위로 올라오는 소리를 들었지만, 이 또한 할 수 있는 일이 없었다.

그때 갑자기 그로크가 노래를 시작했다. 치맛자락을 앞뒤로 펄럭이며 기쁨의 노래를 부르기 시작했고, 발을 구르며 모래밭을 돌면서 춤추었다. 그로크는 온갖 방법을 다 써 가며 무민이 와서 얼마나 기쁜지 표현했다.

한 발짝 앞으로 나아간 무민은 정말이지 너무 놀랐다. 그로크는 틀림없이 무민을 만나 기뻐하고 있었다. 남포등 따위는 전혀 신경 쓰지 않았다. 무민이 자신을 만나러 와서 기뻤다.

무민은 그로크가 춤을 모두 마칠 때까지 꼼짝도 하지 않고 그 자리에 서 있었다. 그러고는 그로크가 바닷가를 따라 멀어져 가는 모습을 지켜보았다. 그로크가 떠나고 난 뒤, 무민은 모래밭으로 내려가서 모래를 만져 보았다. 더는 모래가 얼어붙지 않았다. 여느 때와 똑같은 모래였고, 도망치려고 들지도 않았다. 무민은 귀를 기울여 보았지만 파도 소리만 들려왔는데 섬이 잠든 듯, 갑자기 깊은 잠에 빠진 듯했다.

무민은 집으로 돌아갔다. 가족들은 모두 잠자리에 들었고 화덕에는 작은 불씨만 남아 있었다. 무민도 침대로 기어들어 잠을 자려고 몸을 옹크렸다.

미이가 속삭였다.

"그로크가 뭐래?"

무민도 속삭이며 대답했다.

"좋아했어. 불빛이 없어도 신경 쓰지 않더라고."

어부의 생일날 아침, 하늘은 무척 맑았지만 남서풍은 눈곱만큼도 수그러들지 않았다.

무민파파가 말했다.

"일어나요. 모든 게 다시 멀쩡해졌어요."

무민마마가 이불 밖으로 고개를 내밀고 말했다.

"알아요."

무민파파가 자랑스럽다는 듯이 말했다.

"당신은 아무것도 모를걸요! 섬이 마음을 가라앉히고 더는 두려움에 떨지 않는다고요! 덤불들은 제자리로 돌아갔고 나무들도 뒤따르고 있어요. 어때요?!"

무민마마가 일어나 앉으며 말했다.

"어머, 정말 잘됐어요. 당신도 알겠지만, 나무들이 그렇게나 많이 돌아다니는데 생일잔치를 했으면 발에 걸려서 얼마나 불편했겠어요. 게다가 나무들이 밀고 들어오기라도 했으면 얼마나 부스러기가 많았을지……."

잠깐 생각에 잠겼던 무민마마가 덧붙였다.

"나무들이 기왕에 움직였으니 제자리로 돌아갈지, 아니면 새 자리를 찾아갈지 궁금하네요. 어떻게 할지 결정하는

대로 뿌리 주위에 바닷말을 조금씩 놓아 주어야겠어요."

미이가 큰 소리로 투덜거렸다.

"정말 고리타분하시긴!"

미이는 잔뜩 실망한 눈빛으로 창밖을 내다보았다.

"섬이 예전 모습으로 돌아가고 있잖아요……. 섬이 가라앉든지 둥둥 떠서 돌아다니든지 날아오를 줄 알았다고요! 정말 심각한 일은 일어나는 법이 없다니까……."

미이는 불만스럽다는 듯이 무민을 바라보았다. 무민이 미이를 돌아보고 웃음을 터뜨리며 말했다.

"그럼, 그럼. 아무나 숲을 통째로 제자리에 돌려놓을 수는 없지!"

무민파파가 신이 나서 소리쳤다.

"네 말이 맞다. 아무나 할 수 있는 일이 아니지. 더구나 그 일을 떠벌리지 않고 잠자코 있으면 더 훌륭하지!"

미이가 말했다.

"오늘 몇몇은 기분이 무척 좋으신가 봐요. 위스키 상자까지 챙기면 더 좋아지시겠어요."

무민파파와 무민은 창가로 달려갔다. 위스키 상자는 곶 위에 그대로 남아 있었다. 하지만 곶은 바다 쪽으로 꽤 멀어져 있었다.

무민파파는 모자를 쓰며 황급히 말했다.

"커피는 건너뛸게요. 내려가서 수위 좀 살펴야겠어요."
무민마마가 말했다.
"가는 김에 어부도 한번 찾아보세요. 그래야 제때 초대할 테니까요."
미이가 무민파파의 뒤에 대고 소리쳤다.
"네, 그러세요! 오늘 저녁에 다른 약속이 있으면 안 되잖아요!"
하지만 어부는 사라지고 없었다. 입을 꾹 다물고 덤불숲에 숨어 앉아 오늘이 생일이라고 생각하고 있을지도 모를 일이었다.

완성된 케이크는 식탁 위에 양초 세 개와 함께 놓여 있었다. 가족들은 마가목과 노간주나무 가지로 화관을 만들어 천장에 걸었고, 미이는 빨간 열매가 달린 들장미를 잔뜩 꺾어 엉성한 꽃다발을 만들어 왔다.
미이가 물었다.
"너 왜 입 다물고 있어?"
무민이 말했다.
"아, 생각 좀 하느라."
무민은 하얗고 조그만 돌멩이를 케이크 둘레에 놓고 있었다. 미이가 궁금하다는 듯 물었다.

"어떻게 그로크를 따뜻하게 덥혔어? 그날 밤늦게 내려가 봤어. 모래가 하나도 얼지 않았더라."

무민이 얼굴을 붉히며 말했다.

"나도 몰라. 아무한테도 말하지 마."

미이가 말했다.

"하, 내가 고자질쟁이인 줄 아나 보지. 난 남들 비밀을 떠벌리는 데에는 눈곱만큼도 관심 없거든. 다들 언젠가는 알아서 이야기하니까. 이 섬에는 비밀이 헤아릴 수 없이 많아. 내 말 믿어! 난 모조리 알고 있지!"

미이는 약 올리듯 웃으며 뛰어가 버렸다.

무민파파는 장작을 한 아름 들고 헐떡거리며 계단을 올라와 말했다.

"네 엄마가 도끼질은 서툴지 몰라도 톱질은 끝내 주는구나. 우리가 다 같이 할 수 있게 장작더미 자리를 좀 더 넓혀도 괜찮을지 물어봐야겠다."

무민파파는 장작을 화덕 앞에 우르르 쏟고 물었다.

"내 까만색 낡은 모자를 어부에게 선물로 주면 어떻겠니? 그 길쭉한 모자를 쓸 일은 없을 테니 말이다."

무민이 말했다.

"그렇게 하세요. 아빠한테는 등대지기가 남기고 간 모자가 있으니까요."

고개를 끄덕인 무민파파는 포장할 종이를 찾으러 등대 위층으로 올라갔다. 가스통 위에 놓여 있던 텅 빈 상자를 들어 올린 무민파파는 그 자리에 우뚝 멈추어 섰다. 거기에는 전에 본 적이 없는 시 구절이 적혀 있었는데, 거미가 기어가듯 삐뚤빼뚤한 글씨가 벽을 채우고 있었고 띄엄띄엄 적힌 단어들이 등대지기만큼이나 외로워 보였다.

무민파파가 읽었다.

10월 3일
오늘은 내 생일
축하해 줄 이 하나 없네
남서풍이 불어오고
다시 비가 내리고

무민파파는 깜짝 놀라서 생각했다.

'10월 3일이면 오늘인데. 등대지기의 생일도 오늘이라니⋯⋯. 희한한 일도 다 있군.'

그러고는 종이를 몇 장 챙겨 사다리를 타고 내려왔다.

가족들은 어부를 등대 안으로 데려올 방법을 의논하고 있었다.

미이가 말했다.

"절대로 오지 않을걸요. 등대를 무서워한다고요. 등대를 지나가지 않으려고 일부러 먼 길을 돌아서 다녀요."

무민이 말했다.

"어부 아저씨 마음이 동할 만한 뭔가가 없을까요? 아름다운 뭔가를 보여 줄까요? 노래를 불러 주면 어때요?"

미이가 말했다.

"어휴, 그만해. 그럼 바로 도망가 버리겠다."

무민마마가 마음먹었다는 듯 벌떡 일어나 문 쪽으로 걸어가 말했다.

"아니, 당장 그 불쌍한 외톨이한테 가서 전통적인 방법으로 정중히 초대하마. 미이, 네가 덤불숲에서 어부를 불러내렴."

미이와 무민마마가 도착했을 때, 어부는 머리에 팬지꽃을 꽂은 채 덤불숲 바깥에 앉아 있었다. 얼른 자리에서 일어난 어부는 기대에 부푼 눈으로 둘을 바라보았다.

무민마마가 무릎을 살짝 굽히며 인사했다.

"생일을 진심으로 축하해요."

어부도 진지하게 고개를 숙여 인사했다.

"아주머니가 처음으로 제 생일을 기억해 주셨군요. 정말 영광입니다."

무민마마가 말을 이었다.

"아저씨를 위해 집에 조촐한 생일잔치를 마련했어요."

어부가 얼굴을 찡그리며 물었다.

"등대예요?! 거기는 가고 싶지 않습니다."

무민마마가 차분히 말했다.

"자, 제 말을 들어 보세요. 아저씨는 등대를 볼 필요도 없어요. 두 눈 꼭 감고 제 손 잡으세요. 미이, 먼저 얼른 가서 커피 좀 준비해 주렴. 촛불도 켜고."

어부는 눈을 질끈 감고 손을 내밀었다. 무민마마는 그 손을 잡고 히스 벌판을 지나 등대 바위까지 조심스럽게 어부를 이끌었다.

무민마마가 말했다.

"여기에서는 한 발짝 크게 내디뎌요."

어부가 대답했다.

"압니다."

문이 삐걱거리자, 어부가 걸음을 멈추고 머뭇거렸다.

무민마마가 말했다.

"케이크도 있고 장식도 해 놓았어요. 선물도 있고요."

무민마마는 어부가 문지방을 넘도록 도와주고 나선형 계단을 천천히 오르기 시작했다. 남서풍이 등대 꼭대기에서 기세등등하게 불어 댔고, 가끔 낡은 창문을 흔들어 대기도 했다. 어부의 손이 덜덜 떨리자 무민마마가 말했다.

"여긴 위험하지 않아요. 소리만 저렇게 들릴 뿐이에요. 이제 다 왔어요."

무민마마가 방문을 열면서 소리쳤다.

"이제 눈을 떠 보세요!"

어부가 눈을 떴다. 아직 땅거미가 지지 않았는데도 촛불이 밝게 빛나고 있었다. 하얀 식탁보를 씌우고 모서리에 초록빛 작은 나뭇가지로 장식한 생일상은 정말이지 보기 좋았다. 무민 가족도 나란히 서서 기다리고 있었다.

어부가 케이크를 바라보았다.

무민마마가 미안하다는 듯이 말했다.

"초가 세 개뿐이었거든요. 나이가 어떻게 되세요?"

어부가 중얼거렸다.

"잊어버렸습니다."

어부는 불안한 눈빛으로 이쪽저쪽 창문을 돌아보고 천장의 출입구를 살폈다.

무민파파가 말했다.

"생일 축하합니다. 앉으시지요."

하지만 어부는 자리에 앉기는커녕 문 가까이 바짝 다가섰다.

갑자기 미이가 화난 목소리로 소리쳤다.

"앉아서 똑바로 좀 행동하세요!"

 화들짝 놀란 어부가 식탁에 앉아 미처 말을 꺼내기도 전에 무민마마가 커피 잔을 채워 주었고, 누군가가 선물을 열어 모자를 꺼내 들고는 어부의 헝클어진 머리에 씌워 주었다.
 어부는 자리에 앉아 꼼짝도 하지 않은 채 머리에 쓴 모자를 살펴보려고 올려다보았다. 하지만 커피는 마시려 들지 않았다.
 미이가 빨간 나뭇잎으로 감싼 선물을 건네며 말했다.
 "바닷말 좀 드세요."
 "너나 먹으렴."
 어부가 점잖게 말하자 가족들 모두 웃음을 터뜨리고 말았는데, 어부가 상황에 딱 맞는 말을 할 줄 안다는 사실이 너무 우스웠다. 분위기가 금세 더 편해졌고, 가족들은 어부가 편히 있게 내버려두고 폭풍 이야기, 바다와 화해하고 잠든 섬 이야기를 늘어놓았다. 시간이 흐르면서 어부는 커피를 맛보고 얼굴을 찌푸렸다. 각설탕을 여덟 조각이나 넣

고 나서야 커피를 한입에 들이켰다.

그런 다음, 어부는 무민이 준 선물을 열어 보았다. 해마에게 선물하려고 모아 놓았던 유리 조각과 돌멩이 몇 개, 구리 봉돌 네 개였다. 어부가 한참이나 봉돌을 바라보다 입을 열었다.

"하."

그러고는 마지막 선물을 열었는데, '서해안의 추억'이라고 적힌 조가비를 보고 다시 입을 열었다.

"하, 하."

무민마마가 설명했다.

"그게 가장 예쁜 조개껍질이에요. 바다가 모래밭에 두고 갔지요."

어부가 서랍장 맨 아래 서랍을 바라보며 말했다.

"그래요?"

그러더니 자리에서 일어나 천천히 서랍장에 다가갔다. 가족들은 흥미로운 눈길로 바라보면서도 어부가 선물을 고마워하지 않아 내심 무척 놀랐다.

어둠이 내려앉고 있었고, 저무는 햇살 한 조각만이 사과나무 꼭대기에 걸려 가물거리고 있었다. 양초 세 개는 변함없이 타오르고 있었다.

어부는 서랍장 위에 놓아둔 새둥우리를 보고 딱 잘라 말했다.

"저건 굴뚝 위에 두어야 합니다. 오래전부터 그 자리에 있었습니다."

무민마마가 변명하듯 말했다.

"창밖에 걸어 놓으려고 했어요. 하지만 선반을 못 만들어서……"

어부는 서랍장 앞에 서서 거울을 바라보고 있었다. 무민파파의 모자와 자신의 멍한 표정을 오랫동안 들여다보았다. 그러더니 퍼즐 조각으로 눈길을 돌렸다. 어부가 퍼즐 조각을 하나 집어 들더니 제자리에 끼워 넣었고, 나머지 조각들도 순식간에 맞춰 나가자 가족들은 모두 자리에서 일어나 어부의 등 뒤에 둘러서서 그 광경을 지켜보았다.

퍼즐을 모두 맞추자 그림이 완성되었다. 새들과 등대 그림이었다. 새들이 등댓불로 날아들고 있었다. 어부가 돌아서서 무민파파를 바라보더니 말했다.

"이제 기억납니다. 우리가 모자를 바꿔 썼네요."

어부가 모자를 벗어 들어 무민파파에게 내밀었다. 둘은 말없이 모자를 바꾸어 썼다.

등대지기가 돌아왔다.

그는 코듀로이 외투의 단추를 채우고 바지를 추켜올렸다. 그런 다음, 커피 잔 쪽으로 돌아가 말했다.

"커피가 좀 더 있나요?"

무민마마가 얼른 화덕으로 달려갔다.

모두 다시 식탁에 둘러앉았지만 무슨 말을 꺼내야 좋을지 몰랐다. 등대지기는 케이크를 한 조각 먹었고, 가족들은 그 모습을 조심스럽게 지켜보고 있었다.

무민마마가 수줍게 말했다.

"제가 여기에 그림을 조금 그렸어요."

등대지기가 말했다.

"봤습니다. 육지 풍경이더군요. 이렇게 변화를 줘도 좋지요. 게다가 무척 잘 그리셨어요. 나머지 벽에는 뭘 그리시겠습니까?"

무민마마가 말했다.

"지도를 그리면 어떨까 하고 생각했어요. 이 섬 지도와 바다에 솟은 바위며 얕은 바다까지 모두 그려 넣고 수심도 표시하려고요. 저희 바깥양반이 수심을 재는 데 전문가거든요."

등대지기는 고맙다는 듯이 고개를 끄덕거렸다. 무민파파는 기분이 좋았지만 여전히 한마디도 꺼내지 못했다.

미이는 눈을 반짝이며 가족들을 하나하나 차례대로 돌아보았는데, 이 상황이 무척 흥미롭다는 표정이었고 당장이라도 엉뚱한 말을 내뱉을 듯했다. 하지만 아무 말도 하지 않았다.

양초 두 개가 다 타서 케이크 위로 촛농이 흘러내렸다. 이제 바깥은 어두워졌고 폭풍은 여전히 섬을 휩쓸고 있었다. 하지만 등대 안은 잔치 때 좀처럼 보기 어려운 평온함이 감돌았다.

그로크 생각이 무민을 스쳤지만 이제는 당장 나가지 않아도 되었다. 조금 늦더라도 만나기만 하면 될 일이었다. 꼭 만날 필요도 없을 듯했다. 무민은 그로크가 혼자 남겨

져도 실망하지 않을 줄 알고 있었다.

드디어 무민파파가 입을 열었다.

"저, 당신이 있던 곳에 위스키 한 상자가 있습니다. 바람이 잠잠해질까요?"

등대지기가 말했다.

"흠. 아시다시피 남서풍은 일단 불기 시작하면 몇 주씩은 쉬지 않고 계속되오. 상자는 안전하게 잘 있을 거요."

무민파파가 담뱃대를 입에 물며 말했다.

"조금 있다가 밖에 나가 날씨 좀 보고 와야겠군. 배는 괜찮을까요?"

등대지기가 말했다.

"물론이오. 달이 새로 차오르고 있으니 수위는 더 높아지지 않을 거요."

세 번째 초까지 다 타고 이제는 화덕 불빛만이 바닥을 비추고 있었다.

무민마마가 말했다.

"침대보를 빨아 놨어요. 원래 깨끗하긴 했지만요. 침대는 있던 자리에 그대로 있어요."

등대지기가 말했다.

"감사합니다, 감사합니다."

그러더니 식탁에서 일어났다.

"하지만 오늘 밤은 등대 꼭대기에서 잘까 합니다."
모두 서로 밤 인사를 나누었다.
무민파파가 물었다.
"곶에 가 보지 않겠니?"
무민이 고개를 끄덕였다.

무민파파와 무민이 등대 바위로 나갔을 때, 남동쪽 하늘 높이 가느다란 초승달이 떠 있었다. 새로운 주기로 접어든, 어둠이 짙어진 가을 하늘의 새 달이었다. 둘은 히스 벌판 쪽으로 걸어 내려갔다.
무민이 말했다.
"아빠, 바닷가 모래밭에 볼 일이 좀 있어요. 누굴 좀 만나려고요."
무민파파가 말했다.
"그래, 내일 보자. 잘 다녀오렴."
"네, 네."
무민파파는 섬 아래쪽을 걷고 있었지만, 딱히 위스키 상자를 염두에 두고 있지는 않았다. 곶은 여러 군데에 있으니 이쪽으로 갈지, 저쪽으로 갈지는 중요한 문제가 아니었다.
무민파파는 파도 앞으로 다가가다 모래밭 끄트머리에 멈

추어 섰다. 그곳에서 무민파파의 바다는 쏴아 소리를 내며 거침없이, 조용하고도 사납게 밀려왔다 쓸려가고 있었다. 무민파파가 머릿속의 온갖 고민을 털어 버리자, 꼬리 끝에서부터 귀 끝까지 온몸에 생기가 가득 차올랐다.

무민파파가 섬을 보려고 돌아섰을 때, 바다 위를 비추는 하얀 빛줄기를 보았다. 그 빛줄기는 텅 빈 수평선까지 쭉 뻗어 나갔다가 규칙적으로 일렁이는 긴 물결 속으로 되돌아오고 있었다.

등댓불이 켜졌다.